Nadelzauber

SEWING K

Ruth Laing

Nadelzauber

Nähideen für Mädels

Bassermann Inspiration

Inhaltsverzeichnis

Ich hab noch nie genäht 5
Die Nähmaschine 6
Kleines Nähtraining 8
Kleine Materialkunde 9
Kleine Werkzeugkunde 10
Die Nähanleitung 11
Vogelgirlande 12
Eierwärmer 16
Portemonnaie 22
iPod Hülle 28
Broschen 32
Schlüsselanhänger 36
Kissen 40
Kleine Beutelchen 44
Mappenhülle 48
Täschchen 52
Haargummis 58
Brillentäschchen 62
Aufbewahrungssack 68
Rollmäppchen 73
Utensilo 78
Nadelkissen 84
Rock 90
Schnittmuster 94

Ich hab noch nie genäht. Was muss ich beachten?

1. Du solltest dich mit der **Nähmaschine** auskennen. Vielleicht hast du schon einmal mit einer Nähmaschine genäht oder hast einem Erwachsenen dabei zugeschaut. Der Umgang mit der Nähmaschine ist nicht schwer, aber du solltest trotzdem einiges beachten und auch immer sehr vorsichtig sein. Welche Bedeutung bestimmte Knöpfe und Rädchen haben, musst du wissen. Bitte einen Erwachsenen um Hilfe. Schau dir Seite 6–7 genau an.

2. Mache einige **Nähübungen.** Wenn du noch nie genäht hast oder nur gerade Strecken nähen kannst, solltest du als Erstes ein kleines Nähtraining durchführen. Das macht Spaß und hilft dir beim Nähen der Modelle. Du solltest mit deiner Nähmaschine einen einzelnen Stich nähen können und auch das Nähen von Kurven sollte dir leicht fallen. Das Nähtraining findest du auf Seite 8.

3. Wähle den **richtigen Stoff.** Es gibt viele Arten von Stoffen und Materialien, die du zum Nähen brauchst. Nicht alle sind für Nähanfänger geeignet. Neben den normalen Stoffen wie zum Beispiel Baumwolle gibt es auch Vlieseline oder Volumenvlies, die den Stoff steifer oder dicker werden lassen. Mehr darüber erfährst du auf Seite 9.

4. Benutze das richtige **Werkzeug.** Zum Nähen brauchst du einiges an Werkzeug. Zum Schneiden von Stoffen benötigst du unbedingt eine Stoffschere, die sehr scharf ist. Mit einer normalen Haushaltsschere wirst du Probleme bekommen, wenn du beispielsweise dickeren Filz schneiden möchtest. Alle Werkzeuge findest du auf Seite 10.

5. Du solltest die **Anleitungen** verstehen. Die Seiten für alle Modelle sind gleich aufgebaut: Du findest Angaben zu allen Materialien und Werkzeugen, aber auch zum Zuschnitt. Die Nähanleitung besteht aus Texten und Bildern. Mehr dazu auf Seite 11.

1
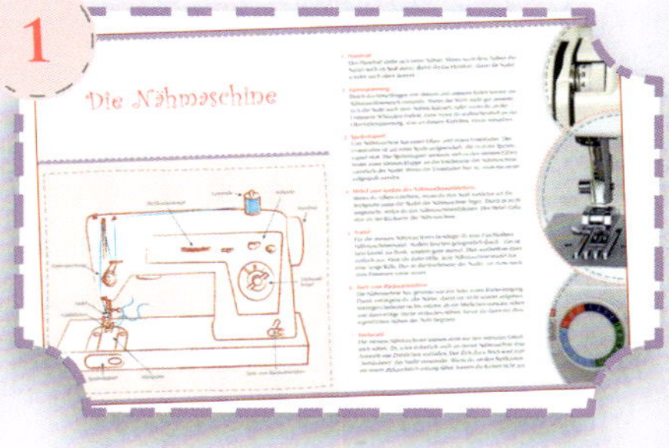

2
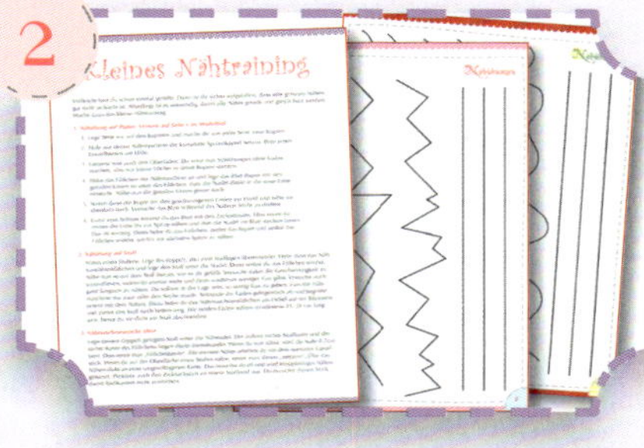

3

4

5

Die Nähmaschine

Es gibt viele Nähmaschinen von den unterschiedlichsten Herstellern, die sich vom Aufbau aber sehr ähnlich sind. Die neueren Maschinen haben elektronische Displays mit digitaler Anzeige. Hier lassen sich die Sticharten und die Stichlängen über Tasten einstellen. Die unten gezeigte Nähmaschine hat noch Rädchen und Schräubchen, an denen du etwas verstellen kannst.

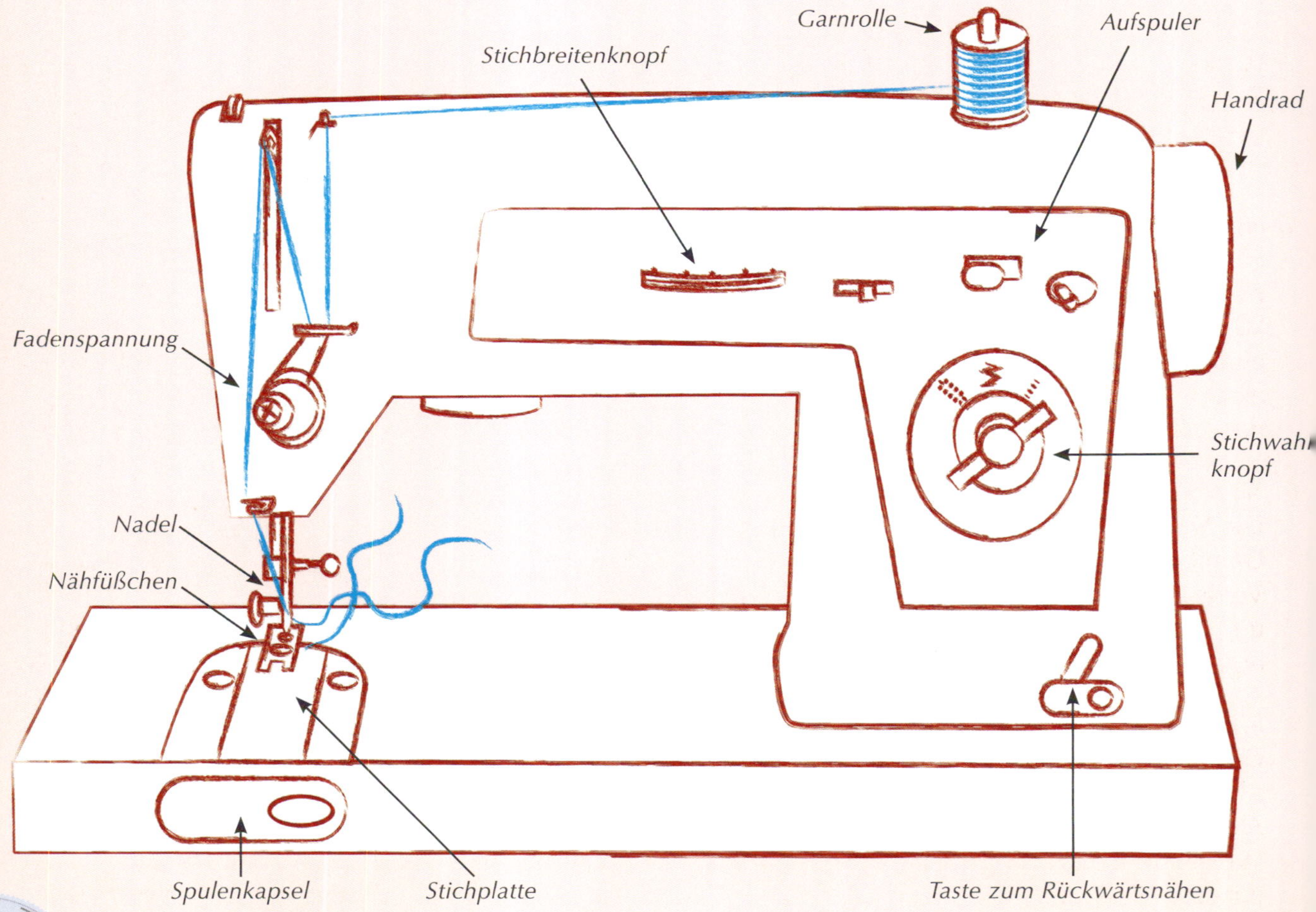

1. ***Handrad:***
Das Handrad dreht sich beim Nähen. Wenn nach dem Nähen die Nadel noch im Stoff steckt, drehst du das Handrad, damit die Nadel wieder nach oben kommt.

2. ***Fadenspannung:***
Durch das Verschlingen von oberem und unterem Faden kommt der Nähmaschinenstich zustande. Wenn der Stich nicht gut aussieht, sich die Naht nach dem Nähen kräuselt, oder wenn du an der Unterseite Schlaufen findest, dann musst du wahrscheinlich an der Oberfadenspannung, also an diesem Rädchen, etwas verstellen.

3. ***Spulenkapsel:***
Eine Nähmaschine hat einen Ober- und einen Unterfaden. Der Unterfaden ist auf einer Spule aufgewickelt, die in einer Spulenkapsel sitzt. Die Spulenkapsel versteckt sich in den meisten Fällen hinter einer kleinen Klappe an der Vorderseite der Nähmaschine, unterhalb der Nadel. Wenn der Unterfaden leer ist, muss ein neuer aufgespult werden.

4. ***Hebel zum Senken des Nähmaschinenfüßchens:***
Wenn du nähen möchtest, musst du den Stoff zunächst auf die Stichplatte unter die Nadel der Nähmaschine legen. Damit er nicht wegrutscht, senkst du das Nähmaschinenfüßchen. Der Hebel dafür sitzt an der Rückseite der Nähmaschine.

5. ***Nadel:***
Für die meisten Nähmaschinen benötigst du eine Flachkolben-Nähmaschinennadel. Nadeln brechen gelegentlich durch – das ist kein Grund zur Panik, sondern ganz normal. Man wechselt sie dann einfach aus. Hole dir dafür Hilfe. Jede Nähmaschinennadel hat eine lange Rille. Das ist die Vorderseite der Nadel, sie muss nach dem Einsetzen vorne sitzen.

6. ***Taste zum Rückwärtsnähen:***
Die Nähmaschine hat, genauso wie ein Auto, einen Rückwärtsgang. Damit verriegelst du alle Nähte, damit sie nicht wieder aufgehen. Verriegeln bedeutet nichts anderes als ein Stückchen vorwärts nähen und dann einige Stiche rückwärts nähen, bevor du dann mit dem eigentlichen Nähen der Naht beginnst.

7. ***Stichwahl:***
Die meisten Nähmaschinen können nicht nur den normalen Geradstich nähen. Du wirst sicherlich auch an deiner Nähmaschine eine Auswahl von Zierstichen vorfinden. Der Zick-Zack-Stich wird zum „Versäubern“ der Stoffe verwendet. Wenn du an den Stoffkanten mit einem Zickzackstich entlangnähst, fransen die Kanten nicht aus.

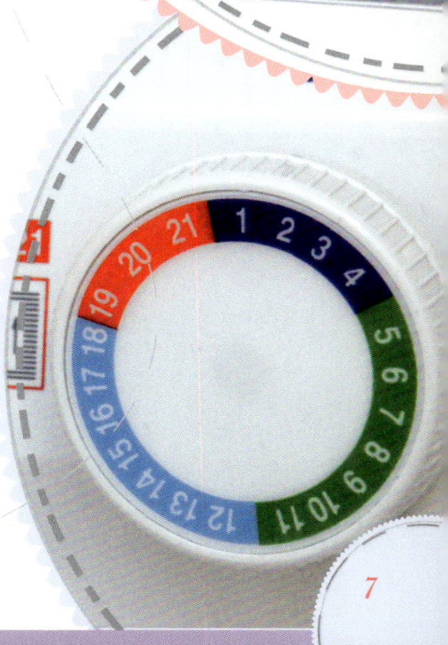

Kleines Nähtraining

Vielleicht hast du schon einmal genäht. Dann ist dir sicher aufgefallen, dass sehr genaues Nähen gar nicht so leicht ist. Allerdings ist es notwendig, damit alle Nähte gerade und gleich breit werden. Mache dazu das kleine Nähtraining:

1. Nähübung auf Papier

1. Lege Seite 57 und 83 auf den Kopierer und mache dir von jeder Seite zwei Kopien.
2. Hole aus deiner Nähmaschine die komplette Spulenkapsel heraus. Bitte einen Erwachsenen um Hilfe.
3. Entferne nun auch den Oberfaden. Du wirst nun Nähübungen ohne Faden machen, also nur kleine Löcher in deine Kopien stanzen.
4. Hebe das Füßchen der Nähmaschine an und lege das Blatt Papier mit den geraden Linien so unter das Füßchen, dass die Nadel direkt in die erste Linie einsticht. Nähe nun die geraden Linien genau nach.
5. Nimm dann die Kopie mit den geschwungenen Linien zur Hand und nähe sie ebenfalls nach. Versuche das Blatt während des Nähens leicht zu drehen.
6. Ganz zum Schluss nimmst du das Blatt mit den Zackenlinien. Hier musst du immer die Linie bis zur Spitze nähen und dort die Nadel im Blatt stecken lassen. Das ist wichtig. Dann hebst du das Füßchen, drehst das Papier und senkst das Füßchen wieder, um bis zur nächsten Spitze zu nähen.

2. Nähübung auf Stoff

Nimm einen Stoffrest. Lege ihn doppelt, also zwei Stofflagen übereinander. Hebe dann das Nähmaschinenfüßchen und lege den Stoff unter die Nadel. Dann senkst du das Füßchen wieder. Nähe nun so auf dem Stoff herum, wie es dir gefällt. Versuche dabei die Geschwindigkeit zu kontrollieren, indem du einmal mehr und dann wiederum weniger Gas gibst. Versuche auch ganz langsam zu nähen. Du solltest in der Lage sein, so wenig Gas zu geben, dass die Nähmaschine nur zwei oder drei Stiche macht. Schneide die Fäden gelegentlich ab und beginne erneut mit dem Nähen. Dazu hebst du das Nähmaschinenfüßchen am Hebel auf der Rückseite und ziehst den Stoff nach hinten weg. Die beiden Fäden sollten mindestens 15–20 cm lang sein, bevor du sie dicht am Stoff abschneidest.

3. Nähmaschinenstiche üben

Lege deinen doppelt gelegten Stoff unter die Nähnadel. Die äußere rechte Stoffkante und die rechte Kante des Füßchens liegen direkt übereinander. Wenn du nun nähst, wird die Naht 0,7 cm breit. Dies nennt man „Füßchenbreite“. Die meisten Nähte arbeitest du mit dem normalen Geradstich. Wenn du auf der Oberfläche eines Stoffes nähst, nennt man dieses „steppen“. Übe das Nähen dicht an einer umgeschlagenen Kante. Das brauchst du oft und wird knappkantiges Nähen genannt. Probiere auch den Zickzackstich an einem Stoffrand aus. Du brauchst diesen Stich, damit Stoffkanten nicht ausfransen.

Kleine Materialkunde

Stoffe:

Zum Nähen eignen sich Baumwollstoffe besonders gut. Sie sind etwas fester und stabiler als Stoffe aus Kunstfasern, und sie lassen sich leicht bügeln. Jeder Stoff hat eine rechte Seite – damit ist die Vorderseite gemeint, also die „schönere“ Seite, die man später sehen wird. Die Rückseite wird linke Seite genannt. Achte bei den Nähanleitungen darauf, wie du die Stoffe aufeinanderlegen musst.

Filz:

Filze gibt es als zugeschnittene Platten in verschiedenen Stärken. Zum Nähen solltest du einen etwa dickeren Filz von etwa 2–3 mm Stärke wählen. Dünner Bastelfilz ist ungeeignet.

Vlieseline:

Um dünne Stoffe etwas steifer zu machen, bügelt man Vlieseline auf die linke Stoffseite. Das ist eine besondere Art „Stoff“, der aus feinen Fasern zusammengepresst wurde. Auf der Rückseite ist ein Klebstoff aufgebracht, der durch das Bügeln flüssig wird und dann kleben bleibt. Wie du das Vlies genau aufbügelst, ist auf die Kante der Vlieseline aufgedruckt. Du musst beim Bügeln unbedingt ein Bügeltuch, ein altes Trockentuch oder einen größeren Stoffrest darüberlegen.

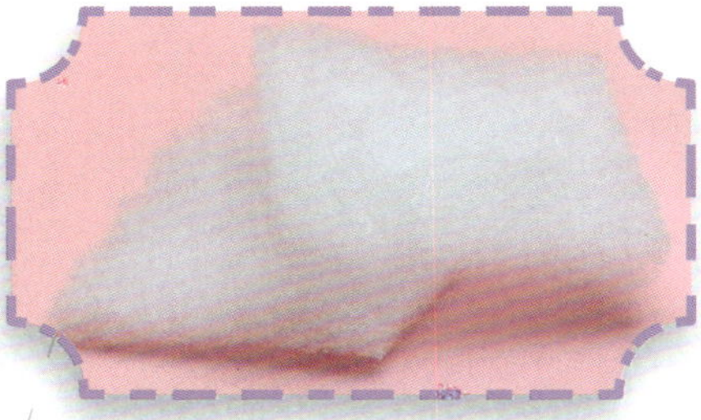

Volumenvlies:

Volumenvlies ist ein bauschiges, dickeres Vlies. Es wird genauso wie die Vlieseline aufgebügelt. Volumenvlies benutzt man, wenn die genähten Teile etwas dicker und weicher werden sollen.

Nähgarn und Knopflochgarn:

Zum Nähen mit der Nähmaschine benötigst du ganz normales Nähgarn, entweder aus Baumwolle oder aus Polyester. Für manche Arbeitsgänge, die du mit der Hand nähst, ist ein stabiles Garn besser. Entweder nimmst du den Nähgarnfaden doppelt, oder du benutzt Knopflochgarn. Du könntest für diese Zwecke auch Zwirn nehmen.

Kleine Werkzeugkunde

Du benötigst einige Werkzeuge, die hier erklärt werden. Du findest die Werkzeugangaben in den Modellbeschreibungen als kleine Symbole in den Kreisen.

Stoffschere/ Papierschere

Schneiderkreide/ Markierstift

Klebstoff

Zackenschere

Nähgarn

Stopfnadel

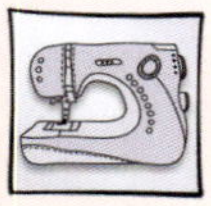
Nähmaschine

Stecknadeln

Bügeltuch

Bügeleisen

Sicherheitsnadeln

Heißklebepistole

Geodreieck

Nähnadeln

Holzbrett

Maßband

Lochzange

Hammer

Die Nähanleitung

Zu jedem Modell in diesem Buch gibt es eine Nähanleitung, die immer sehr ähnlich aufgebaut ist.

Auf der ersten Seite findest du ein großes Foto des Modells. Auf der gegenüberliegenden Seite kannst du in den Kreisen nachlesen, welches Material und welche Werkzeuge du benötigst. Dort steht auch, ob es sich um ein schwieriges oder einfacheres Modell handelt. „Eine Schere“ steht für einfach, „drei Scheren“ deuten auf ein schwierigeres Modell hin.

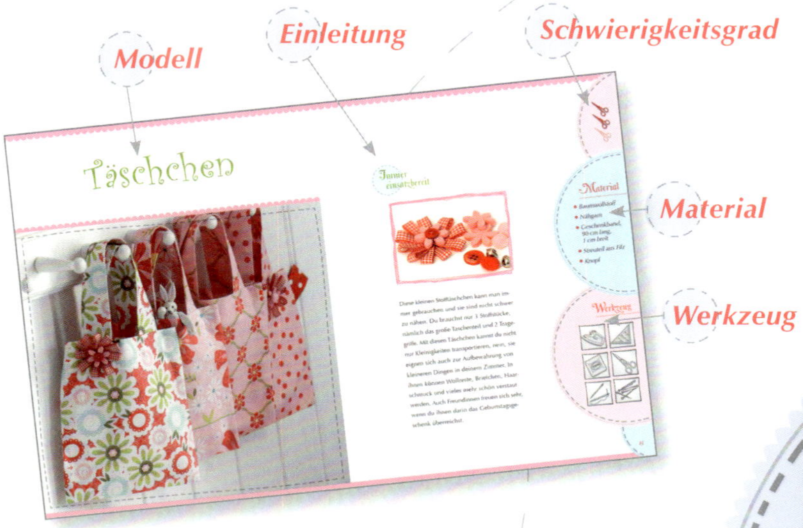

Auf den nächsten Seiten findest du die Nähanleitung, die Schritt für Schritt erklärt, wie du das Modell nähen solltest. Halte dabei die Reihenfolge der Arbeitsschritte unbedingt ein!

Arbeite die einzelnen Punkte Schritt für Schritt nach. Beachte auch die Angabe, ob ein Teil gebügelt werden soll. Das Bügeln ist ein Arbeitsschritt, den du nicht aussparen solltest. Bevor du aber das Bügeleisen anstellst, bitte einen Erwachsenen um Erlaubnis. Vergiss auch das Ausstellen nicht!

Vogelgirlande

Lustige Vogelschar

Mit dieser bunten Vogelparade zauberst du Farbe in dein Zimmer. Du kannst sie an die Tür, an ein Fenster oder auch an den Schrank hängen. Die Vögel werden aus dickem Filz zugeschnitten, mit der Hand umnäht und dann auf ein langes Geschenkband geklebt. Die Länge der Girlande kannst du selbst bestimmen. Schneide das breite Geschenkband dementsprechend lang zu. Der Abstand zwischen den Vögeln beträgt 5–6 cm.

Wenn du magst, kannst du die Außenkante der Vögel mit der Nähmaschine umnähen. Stelle hierfür einen etwas größeren Stich ein und benutze auch andersfarbiges Garn.

Material

- Filz, 2–3 mm dick, 12 x 20 cm je Vogel
- Stick- /Knopflochgarn
- langes Geschenkband, 2 cm breit
- 16 cm Schleifenband je Vogel, 1 cm breit
- Applikationen/Buchstaben zum Aufkleben
- Glöckchen

Werkzeug

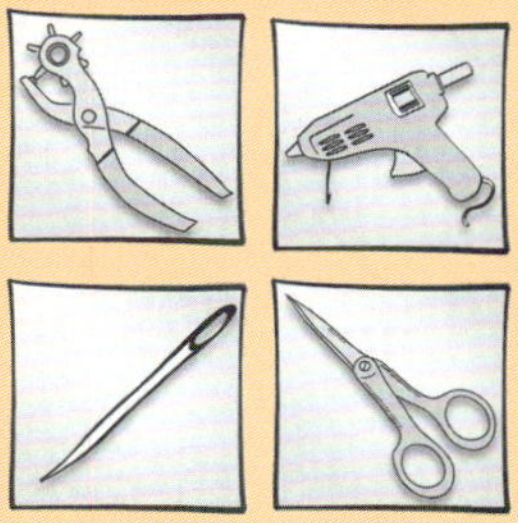

Zuschnitt

1. Schnittteil Nr. 1 von Seite 95 aus der Schnittvorlage kopieren und ausschneiden.
2. Das Schnittmuster mit Stecknadeln auf der Filzplatte feststecken und die Umrandung mit Kreide nachzeichnen. Die Vogelform mit einer scharfen Schere ausschneiden.

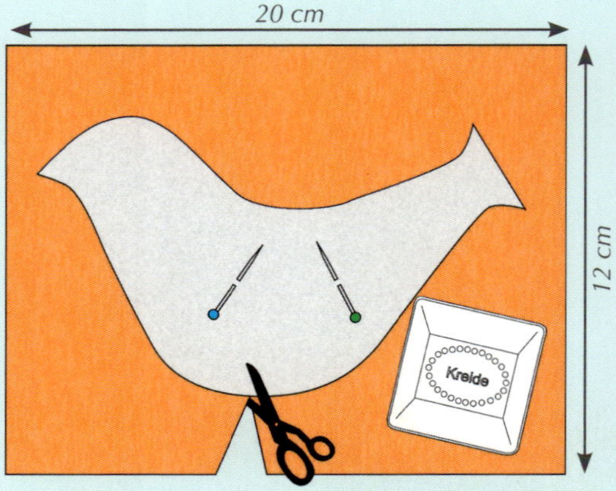

Verarbeitung

zu Abbildung A

1. Die Vögel umnähst du von Hand mit einem einfachen Steppstich. Schau dir dazu die Zeichnung genau an. Der Abstand zur Außenkante beträgt 0,7 cm.

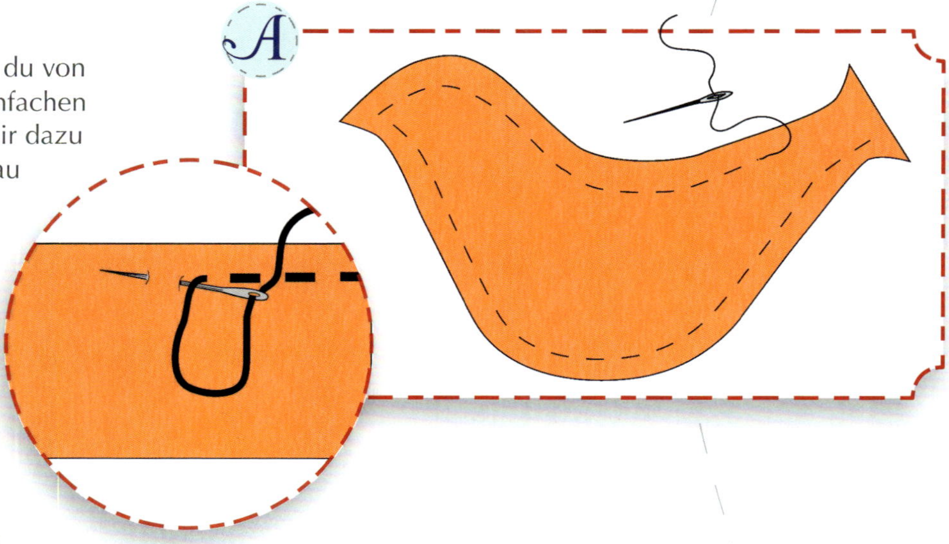

zu Abbildung B

2. Wie auf dem Schnittteil angegeben, werden dann zwei Löcher mit der Lochzange aus dem Filz gestanzt. Dort ziehst du ein schmales Band hindurch, fädelst das Glöckchen auf und bindest das Band zu einer Schleife.

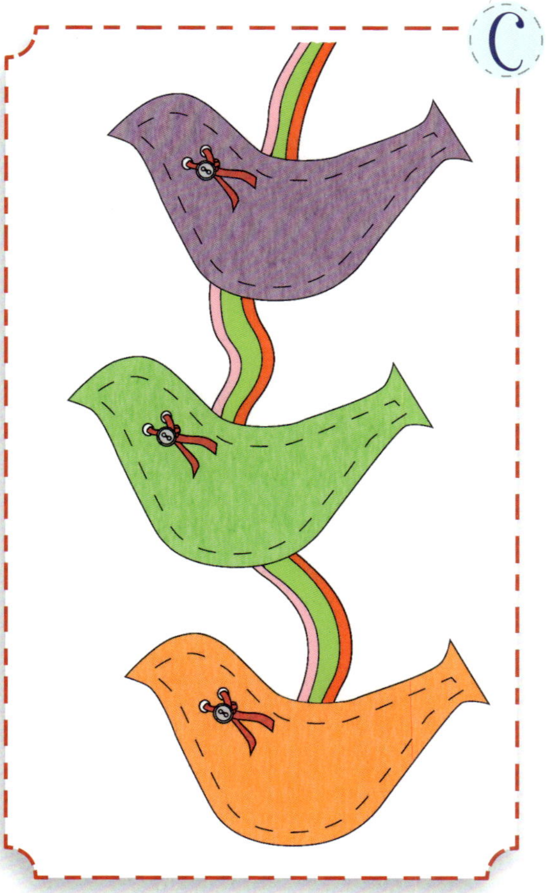

zu Abbildung C

3. Die fertigen Vögel werden in regelmäßigen Abständen von 5–6 cm auf das breite Geschenkband geklebt. Hierzu kannst du eine Heißklebepistole verwenden.

4. Wenn du magst, kannst du noch kleine Applikationen befestigen, zum Beispiel Streuteile oder Filzbuchstaben.

Eierwärmer

Lustige Gesellschaft am Frühstückstisch

Diese farbenfrohen und lustigen Eierwärmer sind leicht nachzuarbeiten, das bekommst du auch ohne große Nähkenntnisse hin. Wenn du möchtest, kannst du sie sogar von Hand zusammennähen. Du benötigst dafür nur zwei kleine Filzplatten. Der Filz sollte nicht zu dünn sein, damit die Hasen nicht nach vorne und nach hinten umknicken. Die Wackelaugen werden aufgeklebt und die Nase mit einem Plusterstift oder einem sogenannten 3D-Stift aufgemalt.

Werkzeug

Zuschnitt Eierwärmer Hase

2 Filzplatten, 13 cm x 23 cm

1. Schnittteil Nr. 2 von Seite 94 kopieren und ausschneiden.
2. Die Hasenform mit Nadeln auf einer Filzplatte feststecken und die Umrandung mit Kreide oder einem Markierstift nachzeichnen. Zunächst nur einen Hasen zuschneiden.

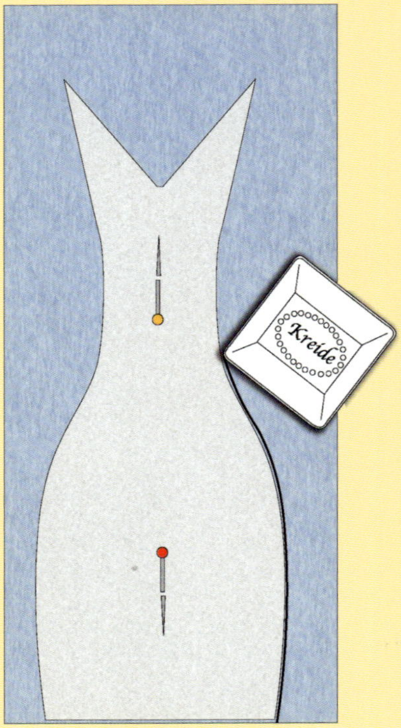

Material

- 2 Filzplatten, 2–3 mm dick
- 1 Bändchen, 35 cm
- Plusterstift/3D-Stift
- 2 Wackelaugen, ø 7 mm
- Klebstoff
- Nähgarn

Verarbeitung Eierwärmer Hase

zu Abbildung A

1. Den ausgeschnittenen Hasen mit Stecknadeln auf die zweite Filzplatte stecken und die Kanten mit einem Zick-Zack-Stich übernähen, dazu musst du einiges beachten:

- Den Anfang und das Ende der Naht gut verriegeln, damit sie nicht wieder aufgeht.
- Beginne an der unteren Kante und nähe bis zur Spitze des linken Ohres. Hier lässt du die Nähmaschinennadel im Filz stecken, hebst das Nähmaschinenfüßchen an und drehst den Filz. Dann senkst du wieder das Füßchen und nähst runter bis zur Kopfmitte. Auch hier lässt du die Nadel wieder in Tiefstellung, drehst den Filz um die Nadel und nähst bis zur Spitze des zweiten Ohres, wo du genau so vorgehst.

A

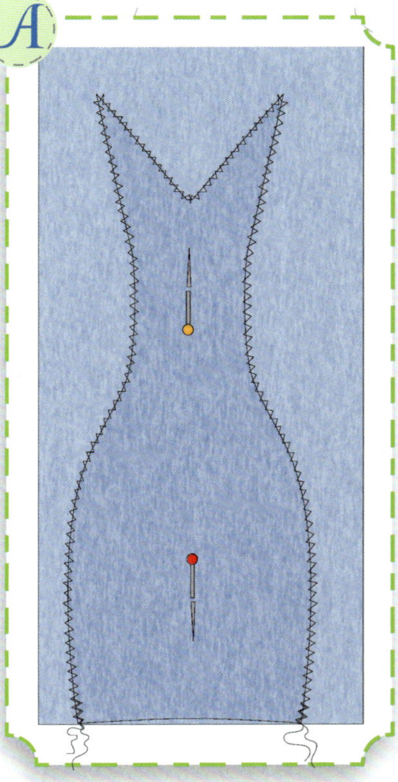

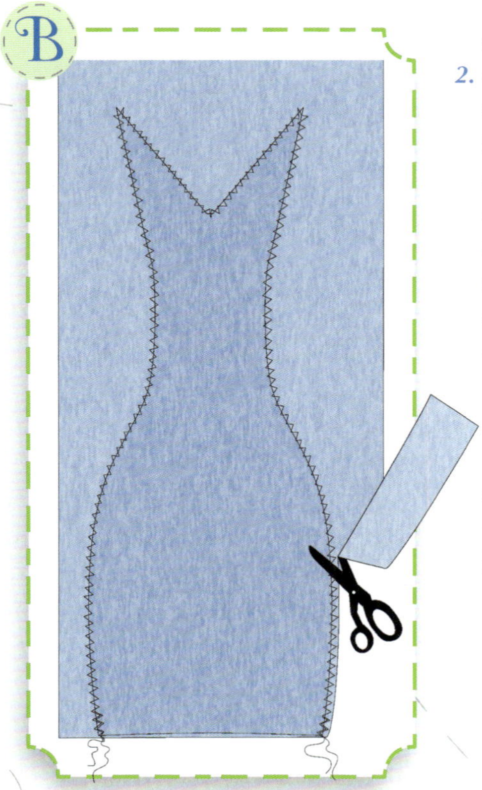

zu Abbildung B

2. Mit einer scharfen Stoffschere schneidest du nach dem Nähen den überstehenden Filz der unteren Platte ab. Die Zick-Zack-Naht darf dabei nicht mit der Schere berührt werden.

zu Abbildung C

3. Ganz zum Schluss klebst du die Wackelaugen an und zeichnest die Nase mit dem Plusterstift oder 3D-Stift auf. Dann legst du dem Hasen noch das Band um den Hals und bindest es zu einer Schleife.

Zuschnitt Eierwärmer Monster

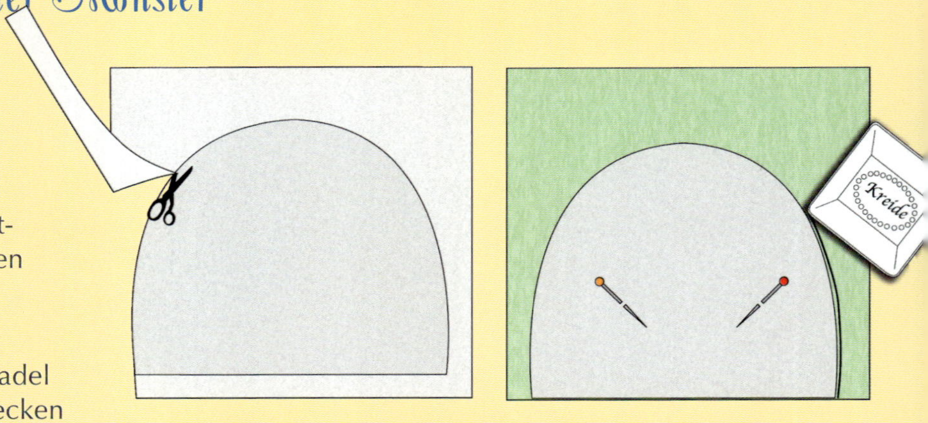

2 x Filzplatte,
je 12 cm x 12 cm

1. Die Schnittteile Nr. 3 (Körper), 4 (Haare) und 5 (Röckchen) aus der Schnittvorlage kopieren/abpausen und ausschneiden.
2. Das Schnittmuster Nr. 3 (Körper) mit einer Stecknadel auf einer Filzplatte feststecken und die Umrandung mit Kreide oder einem Markierstift nachzeichnen. Zunächst nur ein Filzteil zuschneiden.
3. Nr. 4 (Haare) und Nr. 5 (Röckchen) jeweils 1 mal aus dünnem Bastelfilz zuschneiden.

Material

- 2 Filzplatten, 2–3 mm dick
- Bastelfilze, 1 mm dick
- 1 Bändchen, 35 cm
- Plusterstift/3D-Stift
- 2 Wackelaugen, ø 7 mm
- Klebstoff
- Nähgarn

Verarbeitung Eierwärmer Monster

zu Abbildung A

1. Das zugeschnittene Teil Nr. 3 (Körper) steckst du nun mit Nadeln auf die zweite Filzplatte und übernähst die Kanten mit einem Zick-Zack-Stich. Verriegele den Anfang und das Ende der Naht gut, damit sie nicht wieder aufgeht.

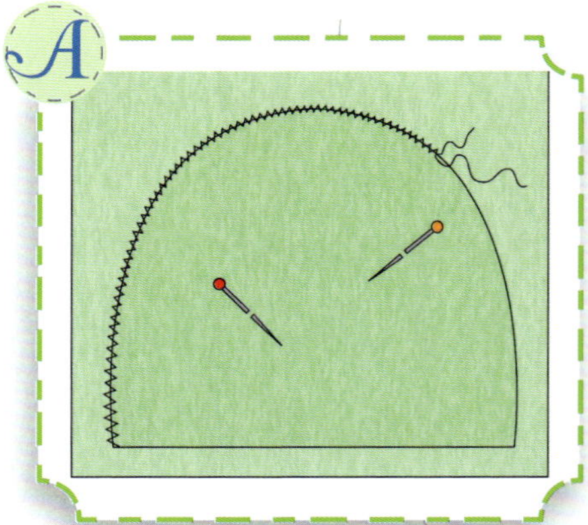

zu Abbildung B

2. Schneide den überstehenden Filz der unteren Platte nach dem Nähen mit der scharfen Stoffschere knapp ab. Die Zick-Zack-Naht darf dabei nicht von der Schere berührt werden.

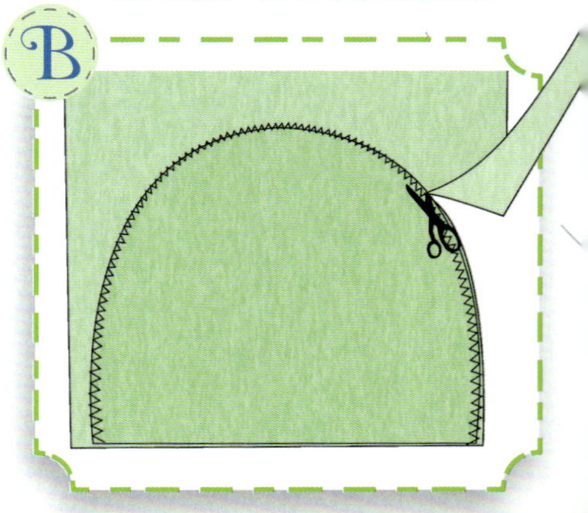

zu Abbildung C

3. Das Röckchen musst du nun auf die Breite des Körpers abstimmen. Schneide bei Bedarf vom Röckchen etwas ab. Anschließend klebst du es an die Unterkante des Körpers.

4. Stanze mit einem Locher oder einer Lochzange ungefähr 10 kleine farbige Kreise aus den Filzresten und klebe sie auf das Röckchen.

5. Ganz zum Schluss klebst du oben den Haarschopf an und die Wackelaugen auf das Gesicht. Male Nase und Mund mit dem Plusterstift auf.

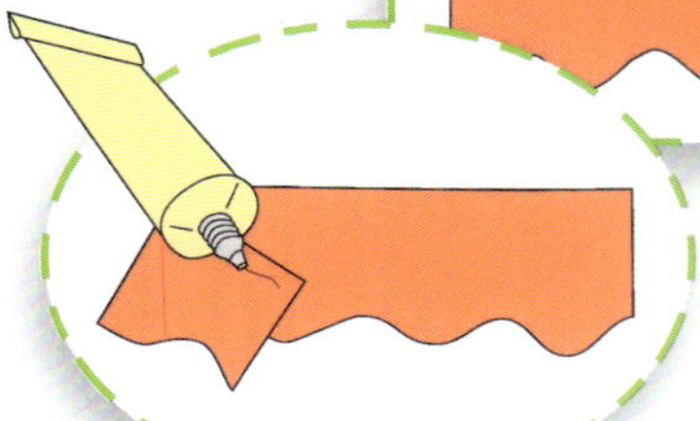

Portemonnaie

Farbenfrohe Geldsammler

Diese beiden Portemonnaies kannst du aus nur einem kleinen Filzrest und mit nur zwei kleinen Nähten ganz schnell und leicht nachnähen. In Stoffgeschäften oder in den Bastelabteilungen gibt es viele kleine Applikationen, die man einfach nur aufbügeln muss. Die Auswahl ist riesig. Wenn die Applikationen nicht zum Aufbügeln sind, kannst du sie auch mit Heißkleber befestigen.

Material

- Filzrest
- Stoffrest
- Applikation
- Schmuckband, 60 cm
- 2 große Druckknöpfe zum Annähen
- Nähgarn

Werkzeug

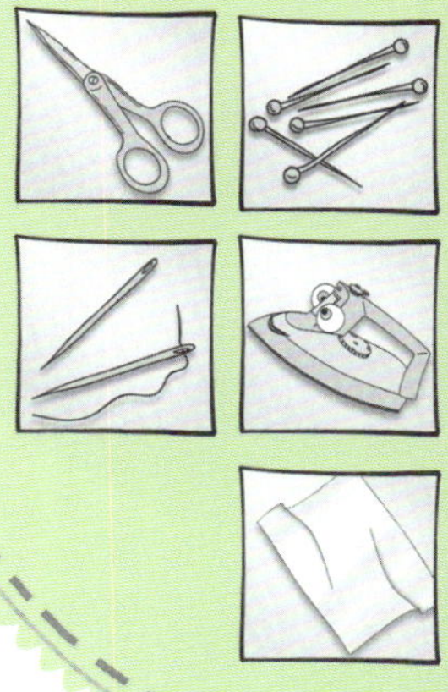

Zuschnitt

Kleines Portemonnaie:

Filz, 25 cm x 9 cm

Wer mag, schneidet mit der Zick-Zack-Schere zu.

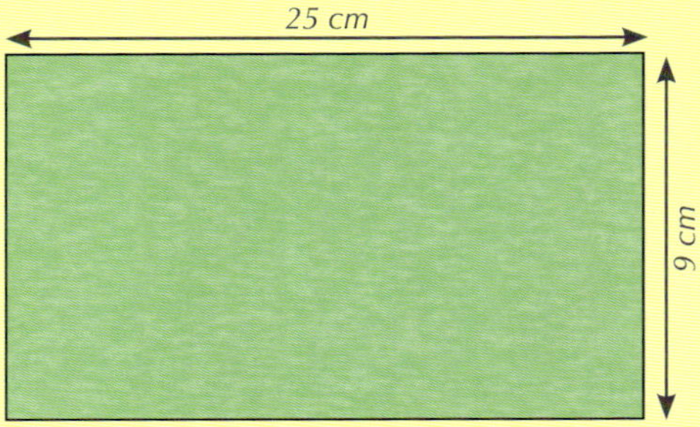

Verarbeitung

zu Abbildung A

1. Mit Schneiderkreide oder einem Markierstift eine Linie anzeichnen, die 8 cm von der seitlichen kurzen Kante entfernt liegt.

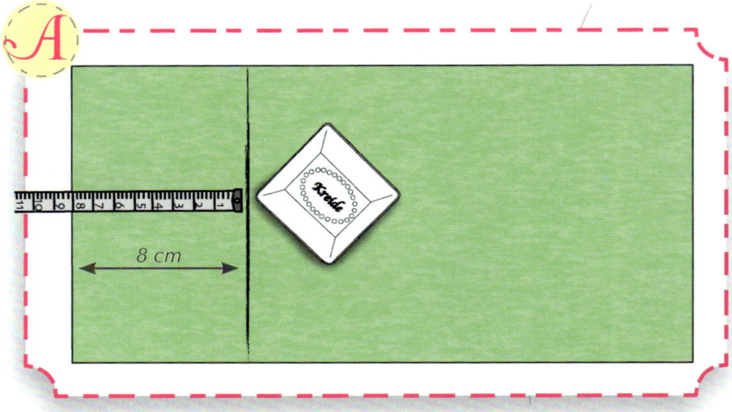

zu Abbildung B

2. Befestige die Applikationen, die du entweder mit einem Bügeltuch aufbügelst, aufnähst oder festklebst.

zu Abbildung C

3. Das Filzstück auf die andere Seite umdrehen. Die gegenüberliegende Kante des Portemonnaies bis zur aufgezeichneten Linie hochklappen.

zu Abbildung D

4. Den Filz mit Nadeln feststecken und den Falz mit einem Bügeleisen und aufgelegtem Bügeltuch einbügeln.

5. Dann nähe die Seiten aufeinander.

6. Nähe die Druckknöpfe von Hand an. Lege die beiden Druckknopfhälften so auf Klappe und Beutel, dass sie später genau aufeinandertreffen. Achtung: unbedingt richtig herum auflegen, damit sie noch schließen. Nähe jede Hälfte mit Nadel und Faden durch die seitlichen Löcher fest.

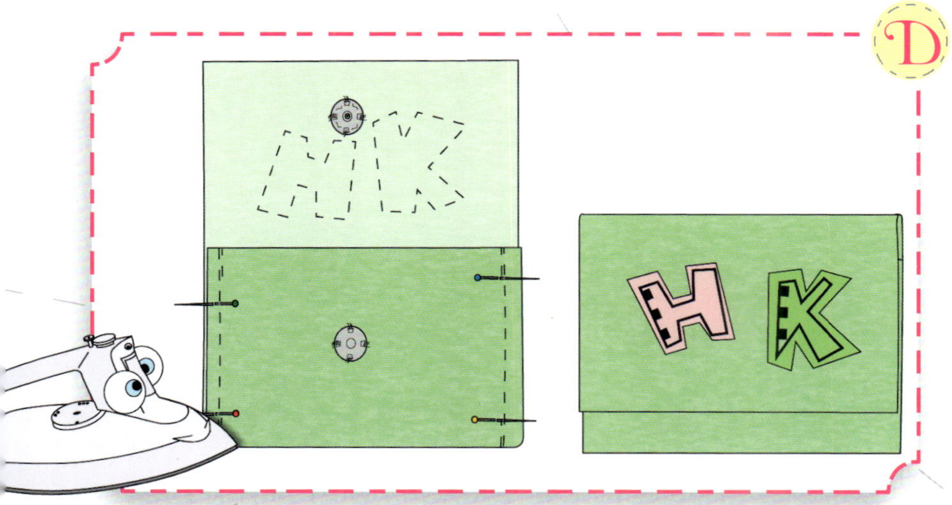

Zuschnitt

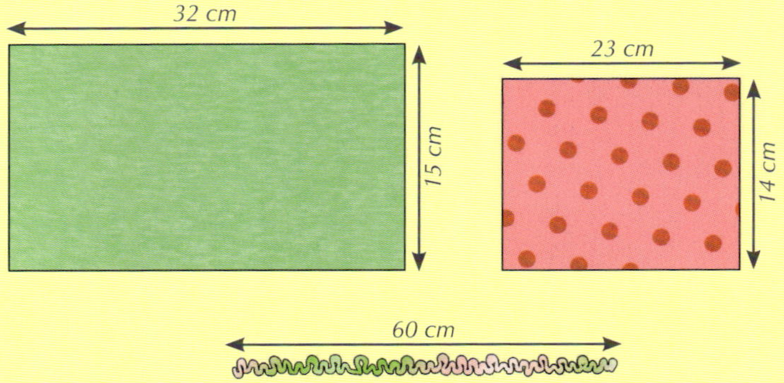

Großes Portemonnaie:

Filz, 32 cm x 15 cm,

Baumwollstoff, 23 cm x 14 cm,

Schmuckband, 60 cm,

Wer mag, schneidet mit der Zick-Zack-Schere zu.

Verarbeitung

zu Abbildung A

1. Mit Schneiderkreide oder einem Markierstift zeichnest du auf dem Filz eine Linie an, die 10 cm von der linken seitlichen Kante entfernt ist.

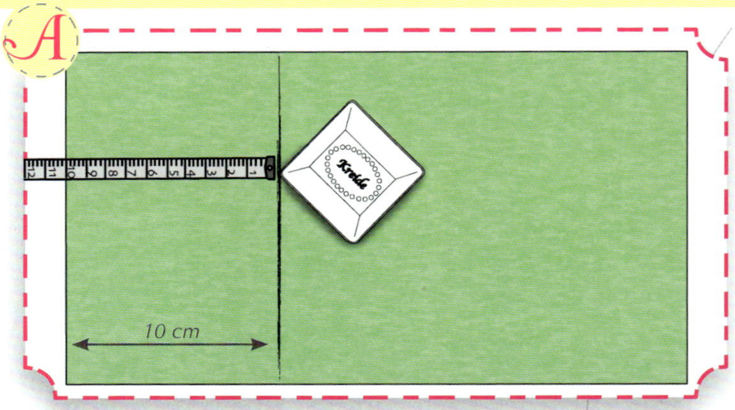

zu Abbildung B

2. Das Stoffteil bügelst du an allen vier Seiten 1 cm breit um. Hierzu solltest du dir ringsum 2 cm breite Linien anzeichnen und den Stoff dann bis zu dieser Linie umschlagen.

zu Abbildung C

3. Den Stoff mit der linken Seite auf den Filz stecken und knappkantig, also etwa 1–2 mm breit festnähen.

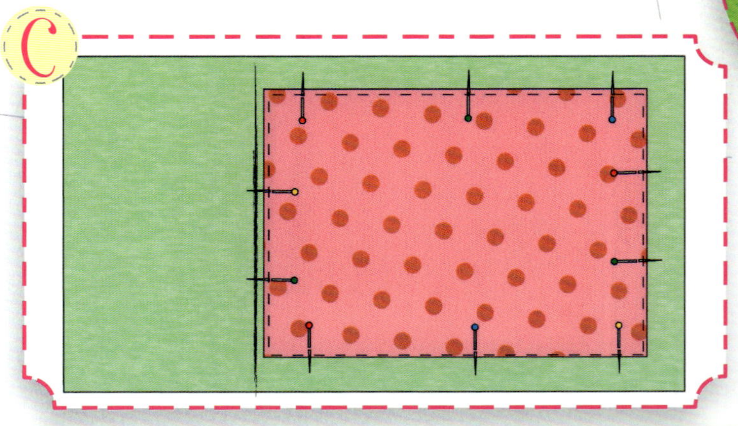

zu Abbildung D

4. Das Schmuckband entweder mit der Maschine oder mit kleinen Handstichen entlang der oberen, linken und rechten Stoffkante aufnähen. Das Filzteil umdrehen.

zu Abbildung E

5. Die linke Filzkante nun nach oben umschlagen und mit Nadeln feststecken. Den Falz mit dem Bügeleisen durch ein Bügeltuch hindurch einbügeln. Jetzt steppst du die Seitennähte aufeinander.

zu Abbildung F

6. Die Druckknöpfe musst du jetzt von Hand annähen (siehe Erklärung Modell 1).

7. Die Applikation bügelst du entweder mit einem Bügeltuch auf oder nähst sie mit der Hand fest.

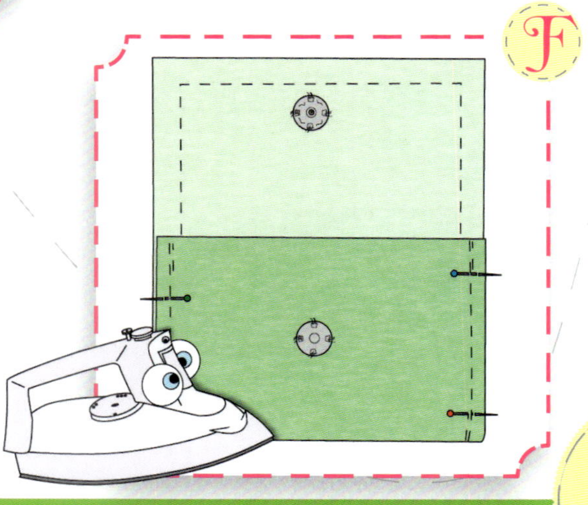

iPod-Hülle

Schnell genähte Schutzhülle

Sicherlich besitzt auch du einen iPod, ein Handy oder einen MP3-Player. Damit das Display nicht zerkratzt, kannst du aus zwei kleinen Filzplatten und einigen schönen Bändern eine Hülle dafür nähen. Auch aufgenähte Knöpfe oder kleine Applikationen sehen darauf prima aus. Solch eine Hülle zu nähen, gelingt auch Anfängern und ist außerdem ein tolles Geschenk für Freunde. Da alle Geräte unterschiedlich groß sind, solltest du noch vor dem Zuschneiden der Filzplatten die Größe des Schnittmusters mit deinem Gerät vergleichen.

Material

- 2 Filzplatten, 2–3 mm dick
- Bänder/Litzen
- Streuteile/Filz
- Applikationen
- Geschenkband
- Knöpfe
- Nähgarn

Werkzeug

Zuschnitt

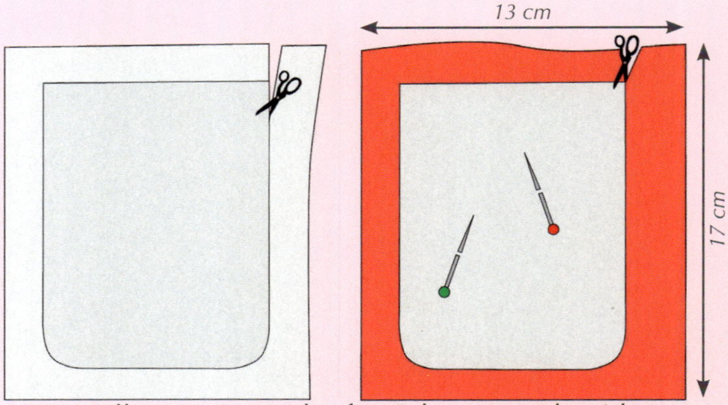

2 x Filzplatten, je 13 cm x 17 cm

1. Schnittteil Nr. 6 von Seite 95 kopieren und ausschneiden.
2. Das Schnittmuster mit Nadeln auf einer Filzplatte feststecken. Zeichne die Umrandung mit Kreide oder einem Markierstift nach. Die Hülle mit einer scharfen Schere ausschneiden. Zunächst nur ein Teil zuschneiden. Wenn du eine Zackenschere hast, kannst du auch diese benutzen. Probiere sie zunächst an einem Filzrest aus.

Verarbeitung

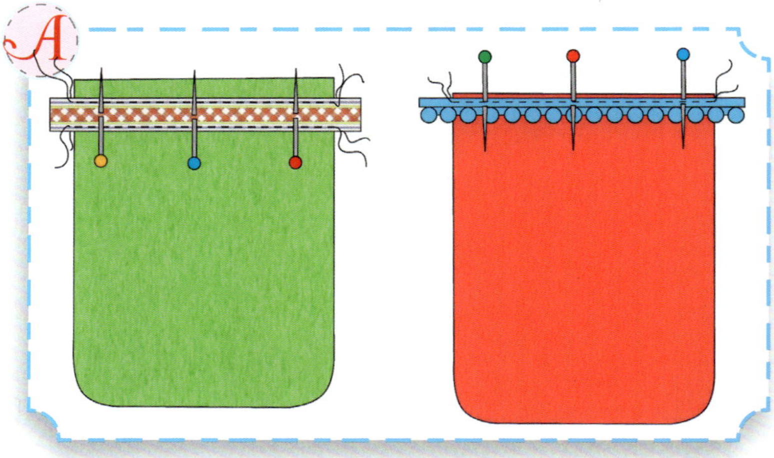

zu Abbildung A

1. Stecke dein Band an der oberen Kante mit Nadeln fest. Nähe es mit der Nähmaschine oder mit der Hand an.

zu Abbildung B

2. Auch die Applikationen kannst du nun aufbügeln oder aufnähen. Zum Aufbügeln solltest du ein Bügeltuch benutzen. Wie du eine Blume nähst, erfährst du auf Seite 56 beim Täschchen.

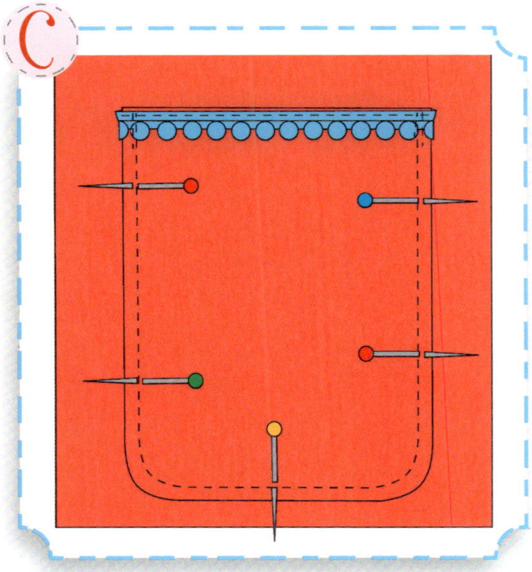

zu Abbildung C

3. Die fertige Vorderseite der i-Pod-Hülle steckst du jetzt mit Nadeln auf der zweiten Filzplatte fest. Die überstehenden Bandenden schlägst du nach innen ein. Nähe füßchenbreit an den Seiten und der Unterkante entlang. Verriegele den Anfang und das Ende der Naht gut, damit sie nicht wieder aufgeht.

zu Abbildung D

4. Schneide den überstehenden Filz der unteren Platte nach dem Nähen mit einer scharfen Stoffschere oder mit einer Zackenschere knapp ab. Die Naht darf dabei nicht von der Schere berührt werden.

Broschen

Kleine Rosetten zum Anstecken

Diese kleinen Broschen kannst du ganz schnell und ohne Nähmaschine aus alten Geschenkbändern, einigen Stoffresten und Knöpfen basteln.

Sie sehen an Jacken und T-Shirts klasse aus, aber auch als kleine Anstecker an Taschen werden sie dir sicherlich gefallen. Du kannst sie sogar als kleine „Orden" an Freunde verleihen, die vielleicht etwas außerordentlich Tolles geleistet haben. Dir fällt bestimmt etwas ein.

Werkzeug

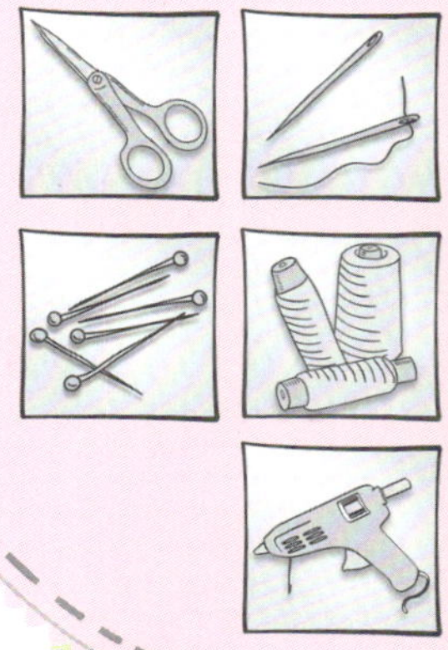

Material

- 14–15 cm Faltenband, 2 cm breit
- 16 cm Geschenkband, 1 cm breit
- 1 Pappkreis, Nr. 7
- 1 Rest Volumenvlies
- 1 Stoffkreis, Nr. 8
- Sicherheitsnadel
- 1 Applikation aus Filz

Zuschnitt

1. Die Teile Nr. 7 und 8 von Seite 94–95 kopieren und ausschneiden.
2. Lege die Schnitte auf die Pappe, das Volumenvlies und auf den Stoff. Die Umrandung mit Kreide, Bleistift oder einem Markierstift nachzeichnen und zuschneiden.

Verarbeitung Modell Nr. 1

zu Abbildung A

1. Zunächst legst du die beiden schmalen Seiten des Faltenbandes übereinander, steckst sie mit einer Stecknadel fest und nähst sie mit einer Nähnadel zusammen. Die Naht wird mit dem Fingernagel auseinandergestrichen.

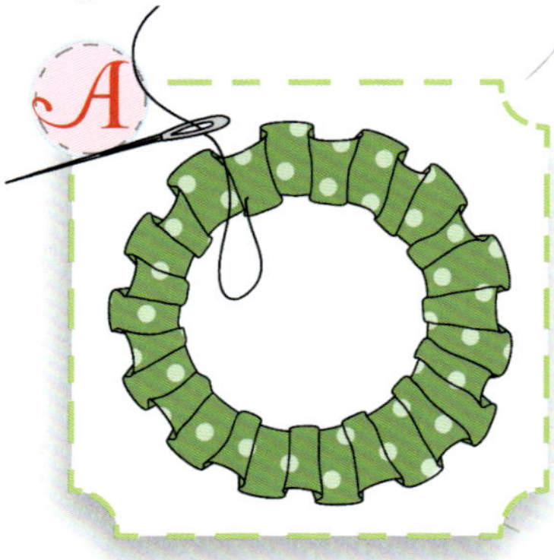

zu Abbildung B

2. Dann klebst du das Volumenvlies auf den Pappkreis.

zu Abbildung C

3. Zum Beziehen des Pappkreises nimmst du einen doppelt gelegten Faden und nähst mit 0,5 cm langen Stichen an der äußeren Kante des Stoffkreises entlang.
4. Dann legst du den Pappkreis mit der Seite, auf die das Volumenvlies geklebt wurde, nach unten auf den Stoffkreis und ziehst die Fadenenden so stramm wie möglich zusammen. Diese verknotest du sorgfältig.

zu Abbildung D

5. Nun klebst du den Pappkreis auf das Faltenband. Hierzu kannst du auch Heißkleber verwenden.
6. Zum Schluss klebst du das doppelt gelegte Geschenkband und das Filzteil an und steckst auf der Rückseite die Sicherheitsnadel fest.

Verarbeitung Modell Nr. 2

A

zu Abbildung A

1. Zunächst legst du die beiden schmalen Seiten des Stoffstreifens übereinander, steckst sie mit einer Stecknadel fest und nähst sie mit einer Nähnadel zusammen. Die Naht mit dem Fingernagel auseinanderstreichen.

B

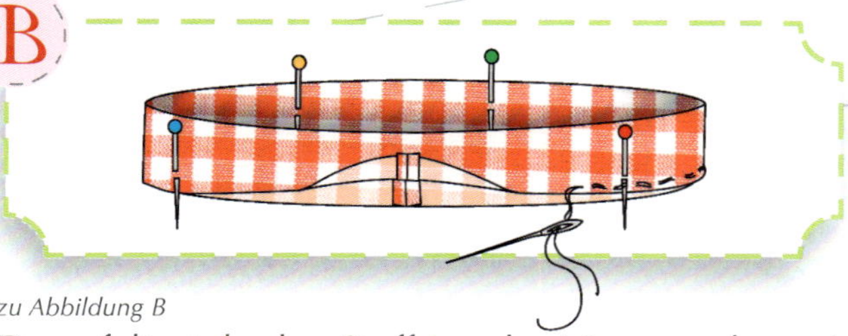

zu Abbildung B

2. Dann faltest du den Stoffring der Länge nach zur Hälfte, die beiden linken Stoffseiten liegen innen.

3. Nun fädelst du einen doppelt gelegten Nähgarnfaden, besser wäre Knopflochgarn, ein. Damit nähst du dann mit etwa 0,5 cm langen Stichen an der unteren Kante entlang. Anfang und Ende des Fadens dürfen nicht vernäht werden.

C

zu Abbildung C

4. Nach dem Nähen ziehst du die beiden Fadenenden so stramm wie möglich zusammen und machst einen doppelten Knoten.

D

zu Abbildung D

5. Mit Heißkleber oder anderem Flüssigkleber befestigst du die Filzkugel sowie das Band und steckst auf der Rückseite die Sicherheitsnadel fest.

Material

- 35 cm Stoffstreifen, 7 cm breit
- 16 cm Geschenkband, 1 cm breit
- Sicherheitsnadel
- 1 Filzkugel

Zuschnitt

Stoffstreifen, 35 cm x 7 cm

Schlüsselanhänger

Tolles Geschenk

Das Nähen dieser Schlüsselanhänger wird dir sicher viel Freude bereiten, denn es sind nur wenige Nähte notwendig. Im Nu hast du dieses Geschenk für Freunde und Freundinnen fertig. Hier kannst du Gurtbänder oder Taschenbänder und jede Art von Web- oder Geschenkbändern miteinander kombinieren.

Modell Nr. 1

Du findest hier zwei unterschiedliche Verarbeitungen. Für ein Modell benötigst du eine spezielle Metallkappe, die du über die Bandenden schiebst. Solche Schlüsselbandrohlinge gibt es in Stoffgeschäften oder in Internetshops zu kaufen. Wenn du sie nicht im Geschäft bekommst, entscheide dich für das andere Modell.

Besonders hübsch wirken kleine Metallherzen oder Glöckchen, die du auf schmale Bänder ziehst und beim Zusammenpressen des Metallrohlings oder beim Zusammennähen mitfasst.

Beim Einschlagen der Metallteile sollte dir ein Erwachsener behilflich sein.

Material

- Gurtband
- Webband
- Zackenlitze
- 5 cm Satinband, 0,5 cm breit
- 1 Glöckchen/Herz
- 1 Schlüsselband-rohling, 3 cm breit
- 1 Schlüsselring
- Nähgarn

Werkzeug

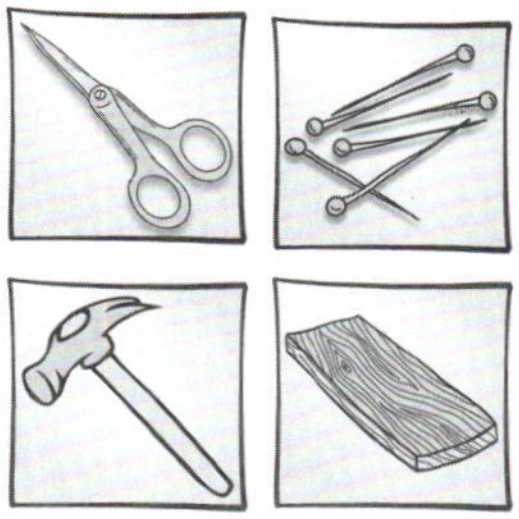

Zuschnitt

Gurtband: 26 cm, 3 cm breit

Webband: 26 cm, 1 cm breit

2 Zackenlitzen: je 26 cm, 1 cm breit

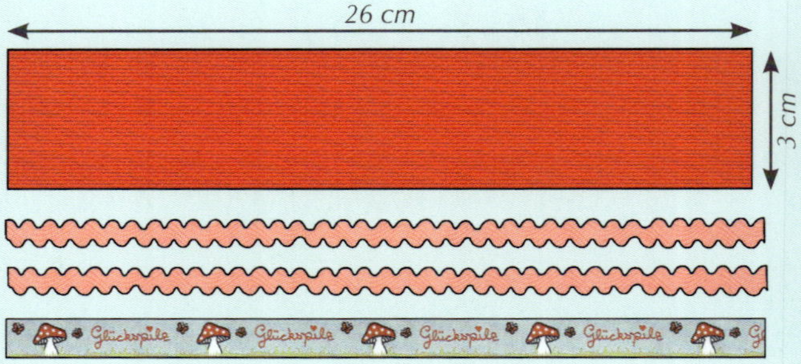

Verarbeitung Modell Nr. 1

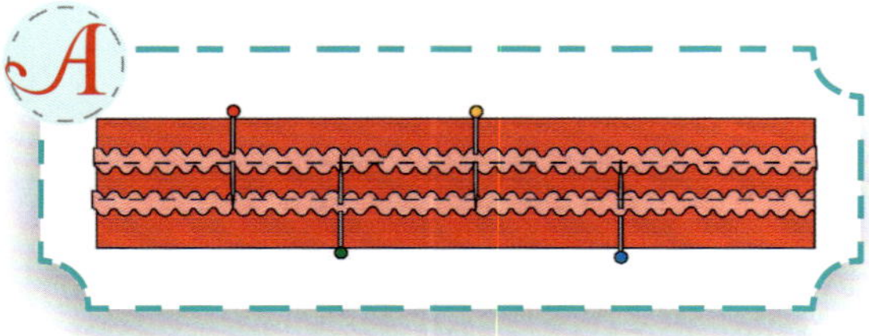

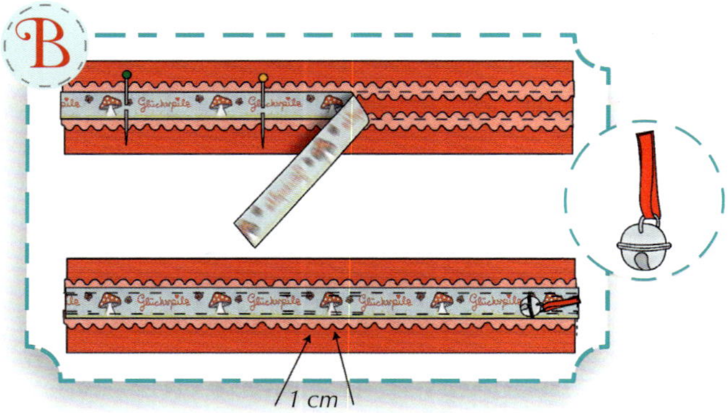

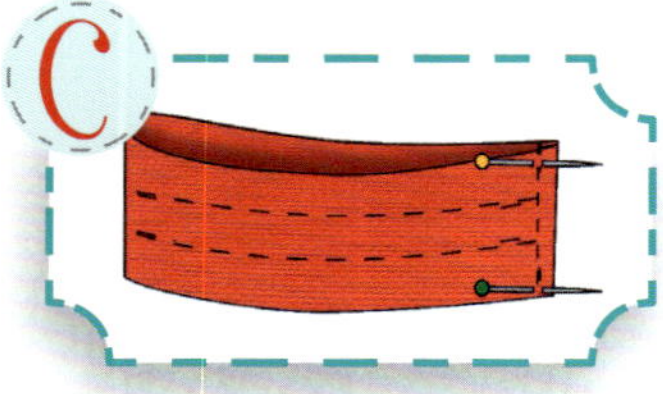

zu Abbildung A

1. Lege die Zackenlitzen so auf das Gurtband, dass nur noch die äußeren Zacken hervorschauen, wenn du das Webband darüberlegst. Nähe sie so auf, dass die Nähte der Litzen später vom Webband verdeckt werden.

zu Abbildung B

2. Nun nähst du das Webband knappkantig fest, in der Mitte lässt du aber 1 cm der Naht offen. Durch diese Öffnung ziehst du später den Schlüsselring. Anfang und Ende der Steppnähte solltest du sehr sorgfältig verriegeln.

3. Ziehe das kurze Satinband durch die Öse des Glöckchens. Dann legst du beide Enden des Satinbands auf das Gurtband und nähst sie mit der Nähmaschine fest.

zu Abbildung C

4. Dann faltest du das Band. Die Seite mit den aufgenähten Zackenlitzen und dem Glöckchen liegt dabei innen. Die beiden schmalen Seiten nähst du 0,7 cm breit aufeinander.

zu Abbildung D

5. Dann das Schlüsselband wenden und nochmals an der kurzen Seite absteppen, die Naht muss jetzt 1 cm breit sein. Nach dem Nähen sollten die Nahtzugaben zwischen den beiden Nähten eingeschlossen sein.

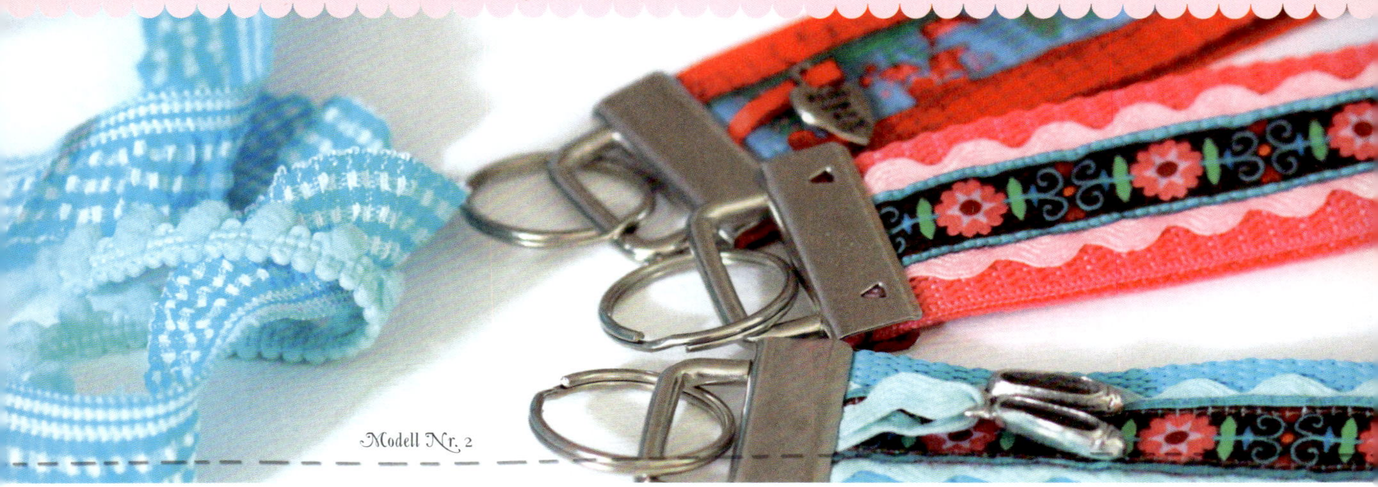

Verarbeitung Modell Nr. 2

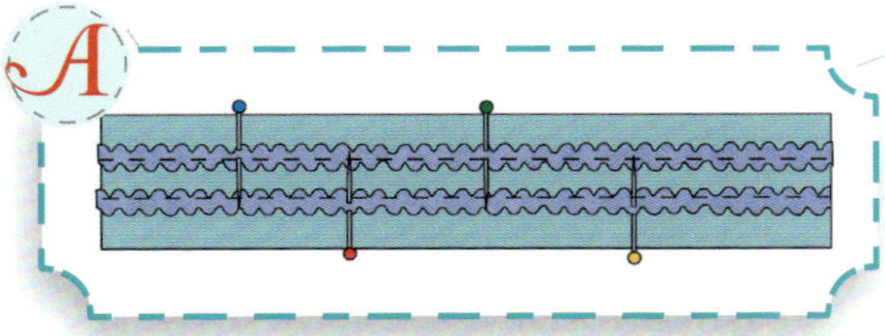

zu Abbildung A

1. Lege die Zackenlitze so auf das Gurtband, dass nur noch die äußeren Zacken hervorschauen, wenn du später das Webband in der Mitte darübernähst. Stecke alle Bänder sorgfältig mit Nadeln fest.

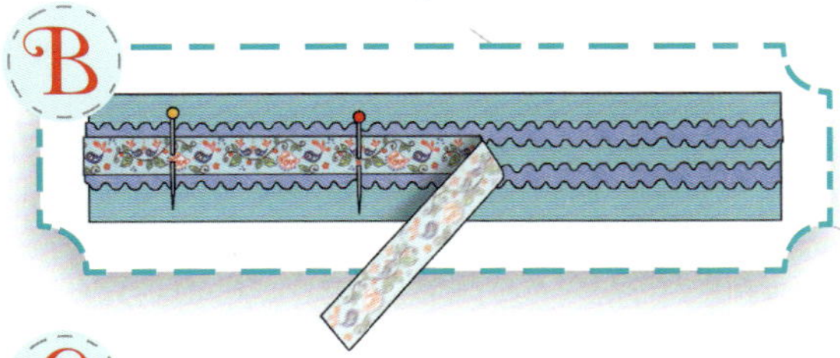

zu Abbildung B

2. Die beiden Zackenlitzen kannst du vorab festnähen oder nun zusammen mit dem Webband befestigen.

zu Abbildung C

3. Falte das Band zur Hälfte und nähe es an den schmalen Seiten fest.

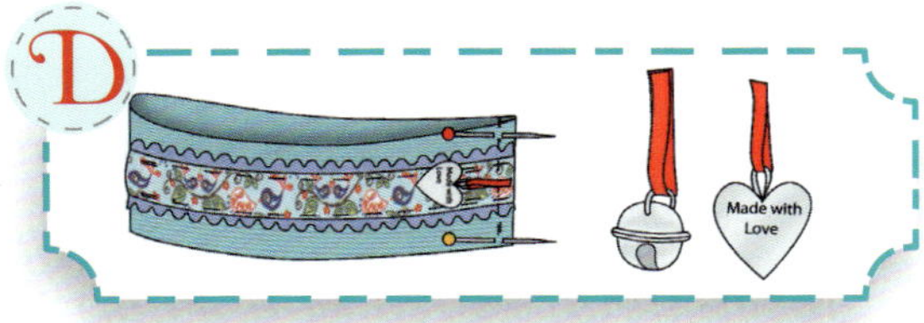

zu Abbildung D

4. Das kurze Satinband durch die Öse des Glöckchens oder des Herzchens ziehen. Die Enden des Bändchens dann auf dem Gurtband festnähen.

zu Abbildung E

5. Das Schlüsselband zwischen die Metallschließe schieben, ein kleines Brettchen darüberlegen und mit kräftigen Hammerschlägen zudrücken. Hierfür solltest du einen Erwachsenen um Hilfe bitten.

Kissen

Farbenfrohe Schmusekissen

Dieser Kopfkissenbezug ist auch etwas für Nähanfänger. Er entsteht aus nur einem rechteckigen Stoffstück. Man braucht auch kein Knopfloch zu nähen. Es sind nur 4 Nähte notwendig und schon ist dein Bezug fertig.

Den Verschluss von diesem Kopfkissen nennt man auch „Hotelverschluss“, da man solche Kopfkissenbezüge häufig in Hotels findet. Mit diesen Bezügen lassen sich die Kissen schnell beziehen. Du solltest die beiden schmalen Kanten vor dem Nähen sorgfältig umbügeln, dann fällt dir das Feststeppen viel leichter.

Material

- Baumwollstoff
- Nähgarn

Werkzeug

Zuschnitt

Je nach Kissengröße schneidest du zu:
Kissengröße 40 cm x 40 cm: 42 cm x 100 cm
Kissengröße 50 cm x 50 cm: 52 cm x 120 cm
Kissengröße 80 cm x 80 cm: 82 cm x 180 cm

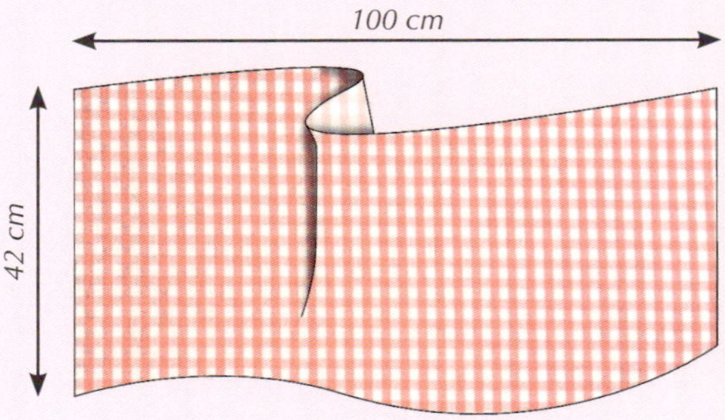

Verarbeitung

1. Umnähe alle Stoffkanten mit einem Zick-Zack-Stich, damit sie nicht ausfransen.

zu Abbildung A

2. Zeichne mit einem Geodreieck und Schneiderkreide an den beiden schmalen Seiten eine Linie an, die 2 cm von der Stoffkante entfernt ist. Zeichne die Linie auf der linken Stoffseite an.

zu Abbildung B

3. Bügele den Stoffstreifen an den schmalen Seiten nun zunächst 1 cm weit nach links um. Die Kante des Stoffes stößt dabei direkt an die angezeichnete Linie.

zu Abbildung C

4. Schlage diese umgebügelte Kante anschließend nochmals 1 cm breit nach links um und bügele wieder darüber.

zu Abbildung D

5. Lege diese vorgebügelte Kante unter das Nähmaschinenfüßchen. Die äußere rechte Stoffkante und die rechte Kante des Füßchens liegen direkt übereinander. Nähe nun die eingeschlagene Kante 0,7 cm breit fest. Dies nennt man „füßchenbreit“. Verriegele die Naht am Anfang und Ende sorgfältig. Diesen Arbeitsschritt an beiden schmalen Seiten durchführen.

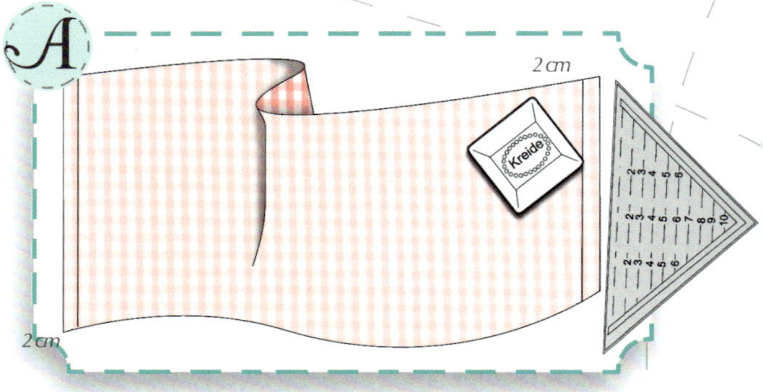

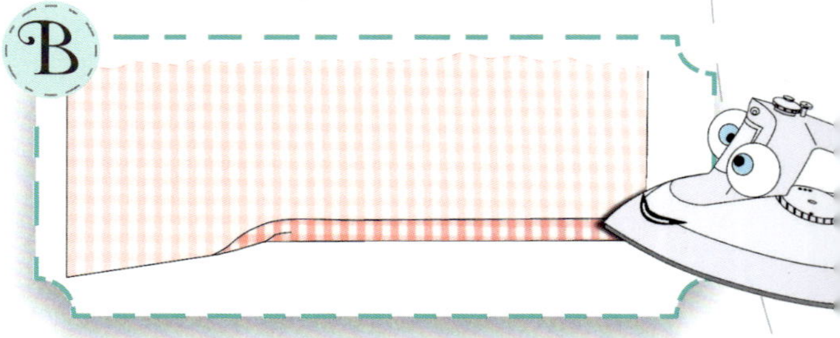

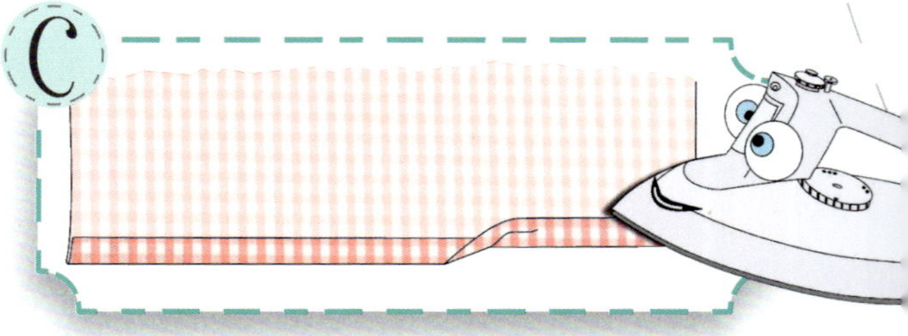

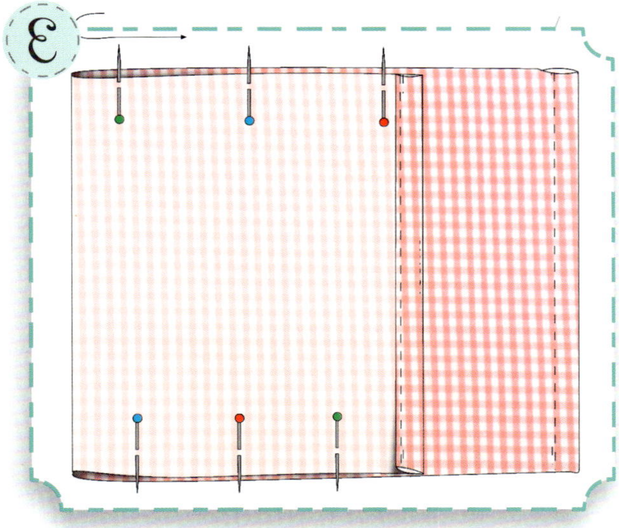

zu Abbildung E

6. Lege nun den Stoffstreifen mit der linken Stoffseite nach unten auf den Tisch. Falte dann die linke schmale Seite 40 cm (50 cm, 80 cm) weit nach rechts, die beiden rechten Stoffseiten liegen nun übereinander. Stecke den Stoff an der oberen und unteren Kante mit Nadeln aufeinander fest.

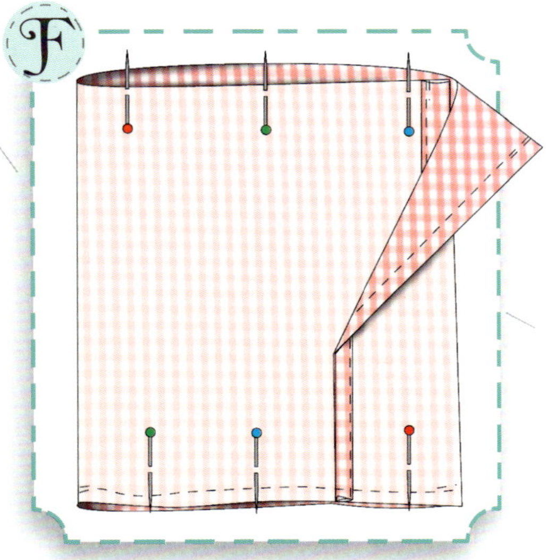

zu Abbildung F

7. Falte die überstehende Seite über die zuvor umgeschlagene Seite und stecke sie ebenfalls mit Nadeln fest.

zu Abbildung G

8. Nähe dann die obere und untere Kante füßchenbreit (0,7 cm breit) aufeinander.

9. Zum Schluss wendest du das Kissen auf die Vorderseite, so dass die rechte Stoffseite außen ist. Rolle die Nahtzugaben mit den Fingern heraus und bügele die Kanten flach.

Tipp

Du kannst die Vorderseite mit Bändern oder einer Zackenlitze verzieren. Diese solltest du unbedingt vorher aufnähen. Zeichne dir dazu die Lage der Bänder mit Schneiderkreide auf.

Kleine Beutelchen

Platz für Allerlei

Diese kleinen Beutelchen zum Aufbewahren von allerlei Kleinkram sind schnell und einfach zu nähen. Es gibt sicherlich auch in deinem Zimmer eine Ecke, in der du sie aufhängen kannst. Die Säckchen kannst du in zwei verschiedenen Größen nähen, je nach dem, wofür du sie benutzen willst. Verwende einen möglichst festen Stoff. Die Aufhänger kannst du aus alten Bandresten nähen. Hier wurden vorgebügelte Schrägbänder benutzt. Diese kannst du in Stoffgeschäften fertig kaufen.

Material

- Baumwollstoff
- Nähgarn
- 2 Bänder/vorgebügelte Schrägbänder je Säckchen

Werkzeug

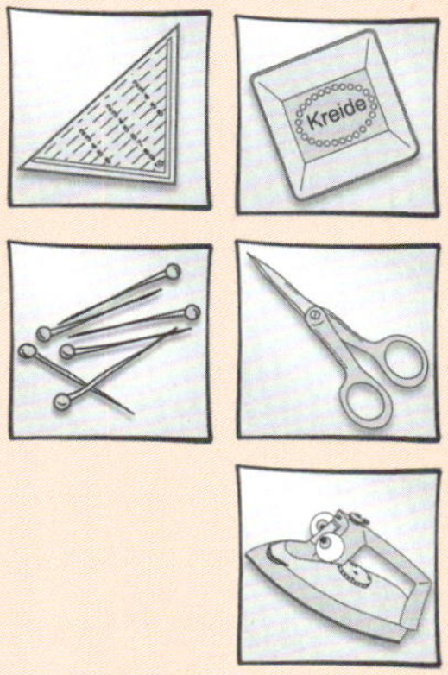

Zuschnitt

Kleine Beutelchen: 10 cm x 34 cm

Große Beutelchen: 15 cm x 52 cm

2 Bänder (Aufhänger), je 14 cm

Verarbeitung

Beutelteil

1. Umnähe die Kanten des großen Stoffstückes mit einem Zick-Zack-Stich.

zu Abbildung A

2. Mit einem Geodreieck/Maßband und Schneiderkreide musst du nun an den beiden schmalen Seiten eine Linie anzeichnen, die 8 cm (kleine Tasche) oder 12 cm (große Tasche) von der Stoffkante entfernt ist. Zeichne die Linie auf die linke Stoffseite.

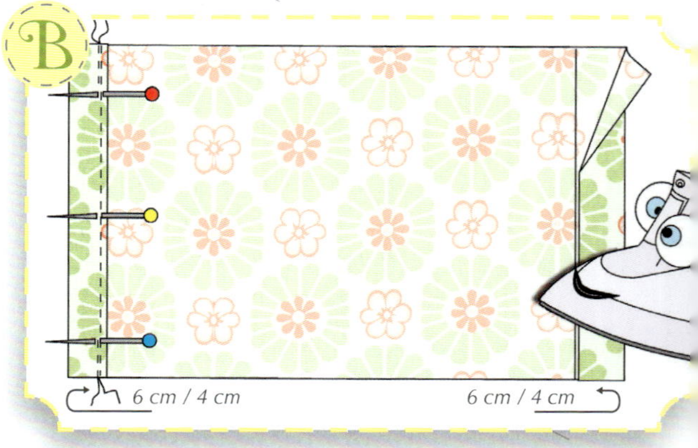

zu Abbildung B

2. Bügele den Stoff hier nun 4 cm/6 cm nach links um. Die Kante des Stoffes stößt dabei direkt an die angezeichnete Linie. Stecke die Kante mit Stecknadeln fest.

zu Abbildung C

4. Lege die vorgebügelte Kante nun unter das Nähmaschinenfüßchen und steppe sie 3 cm/5 cm breit ab.
Verriegele die Naht am Anfang und Ende.

5. Falte nun das Stoffteil, so dass die beiden kurzen Stoffseiten aufeinanderliegen. Die linke Stoffseite liegt außen.

6. Stecke die beiden Seitenkanten mit Stecknadeln aufeinander fest. Achte besonders auf die oberen Kanten, sie sollten ganz genau übereinanderliegen.

7. Nähe nun die äußeren Kanten 1 cm breit aufeinander fest. Verriegele Nahtanfang und Nahtende.

8. Nach dem Nähen wendest du die Tasche, so dass die rechte Stoffseite außen liegt. Bügele die Kanten.

Aufhänger

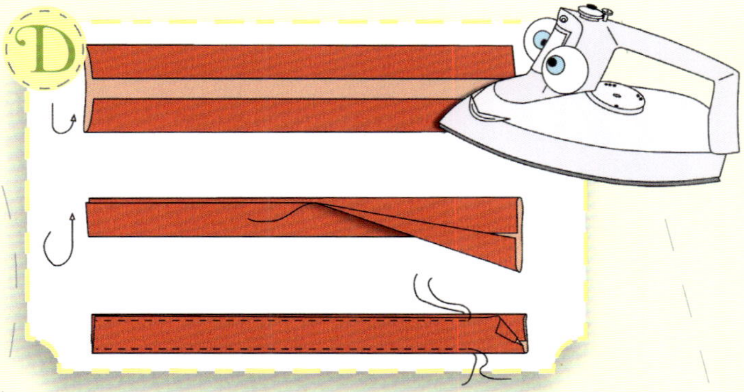

zu Abbildung D

1. Am Schrägband bügelst du noch einmal über die Kanten, damit sie schön flach liegen.

2. Dann faltest du diesen Stoffstreifen zur Mitte hin und bügelst ihn erneut. Die Kanten sollten genau aufeinanderliegen.

3. Nun wird das Band an beiden Seiten knappkantig, also 1–2 mm breit, abgesteppt und zur Hälfte gefaltet.

4. Markiere die Mitte des Beutels. Stecke das gefaltete Band 1 cm tief ins Tascheninnere. Lege das Säckchen unter die Nähmaschine und riegele die Bänder fest, indem du mehrmals mit der Nähmaschine hin- und hernähst. Du nähst für die Vorderseite und für die Rückseite jeweils einen Aufhänger.

Mappenhülle

Platz für Lieblingszeitschriften

Diese Mappenhülle bietet Platz für deine Lieblingszeitschriften, für Schnellhefter oder auch für kleinere Bildchen, die du vielleicht sammelst. Du solltest die Hülle aus einem möglichst festen Baumwollstoff nähen, oder du bügelst Vlieseline auf die linke Stoffseite. Das macht den Stoff fester und steifer.

Auf die Vorderseite kannst du jede Art von Bändern aufnähen. Du kannst auch Applikationen aufbügeln oder Muster mit der Nähmaschine aufsticken.

Material

- Baumwollstoff
- Vlieseline
- Zackenlitzen
- Nähgarn

Werkzeug

Zuschnitt

2 Baumwollstoffstücke, je 62 cm x 38 cm

1 Stück aufbügelbare Vlieseline, 62 cm x 38 cm

Zackenlitzen/Bänder, je 38 cm

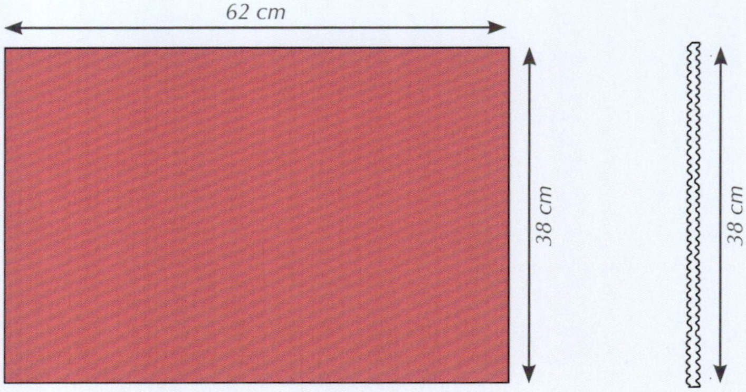

Verarbeitung

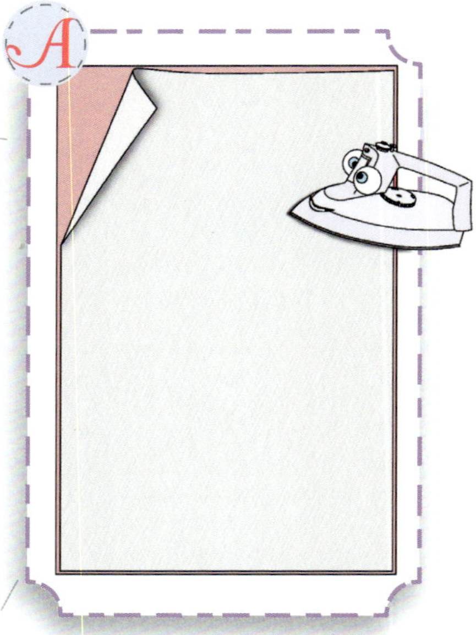

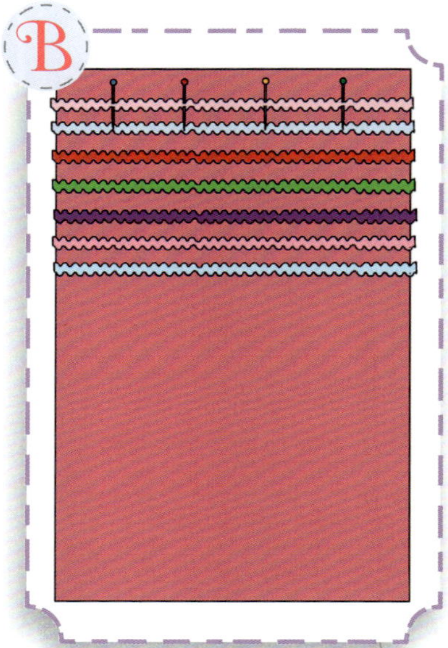

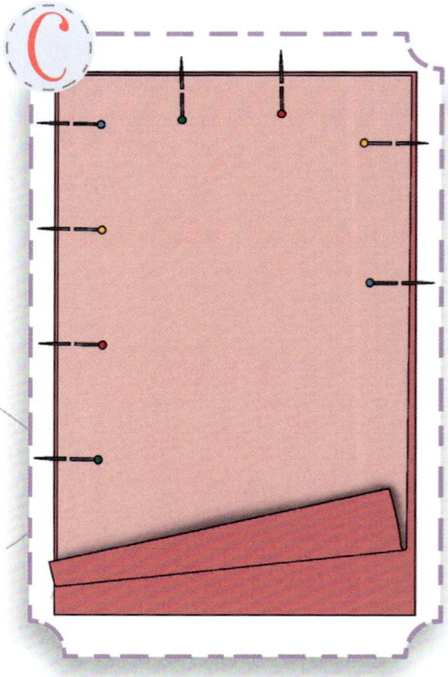

zu Abbildung A

1. Wenn dein Stoff sehr dünn ist, musst du unbedingt Vlieseline auf die linke Seite eines der Stoffstücke bügeln. Benutze dazu ein Bügeltuch. Wie du sie aufbügelst, ist auf den Rand der Vlieseline aufgedruckt.

zu Abbildung B

2. Stecke nun alle Bänder oder Zackenlitzen fest, die du aufnähen möchtest. Das erste Band sollte ungefähr einen Abstand von 3 cm zur oberen Kante haben. Kennzeichne die Lage mit Schneiderkreide und einem Geodreieck.

zu Abbildung C

3. Stecke dann das zweite Stoffstück so auf das andere Rechteck, dass die beiden rechten Stoffseiten innen liegen.

zu Abbildung D

4. Nähe dann die Kanten 1 cm breit aufeinander, nur an einer langen Seite lässt du einen 10 cm breiten Schlitz offen.

5. Nach dem Nähen schneidest du alle Nahtzugaben auf 2–3 mm zurück, die Ecken der Nahtzugabe schneidest du schräg ab. Dicke Nähte wären unschön auf der Vorderseite sichtbar.

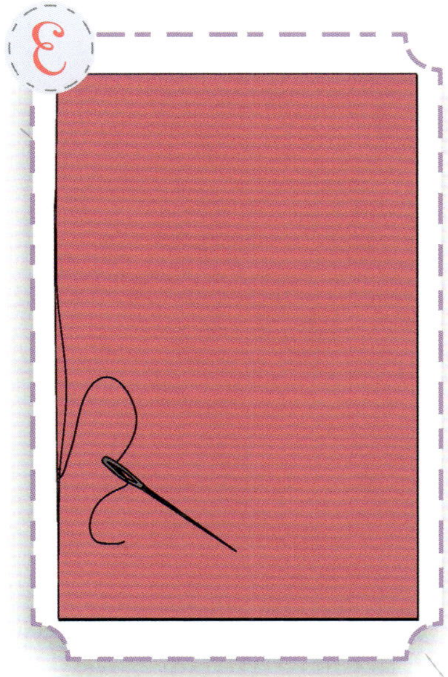

zu Abbildung E

6. Nun wendest du die beiden Stoffstücke durch die Öffnung und nähst die offene Stelle mit der Hand zu. Die Kanten musst du flachbügeln.

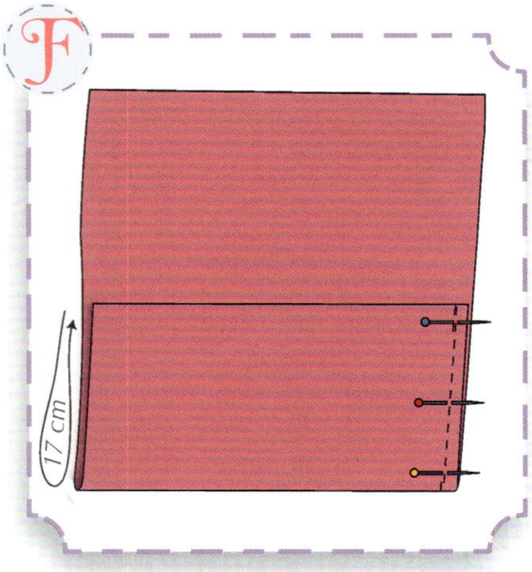

zu Abbildung F

7. Ganz zum Schluss schlägst du die untere Kante der Mappenhülle ungefähr 17 cm nach oben um und steckst sie mit Nadeln fest. Die Seiten nähst du dann 1 cm breit aufeinander.

Täschchen

Immer einsatzbereit

Diese kleinen Stofftäschchen kann man immer gebrauchen und sie sind nicht schwer zu nähen. Du brauchst nur 3 Stoffstücke, nämlich das große Taschenteil und 2 Tragegriffe. Mit diesen Täschchen kannst du nicht nur Kleinigkeiten transportieren, nein, sie eignen sich auch zur Aufbewahrung von kleineren Dingen in deinem Zimmer. In ihnen können Wollreste, Briefchen, Haarschmuck und vieles mehr schön verstaut werden. Auch Freundinnen freuen sich sehr, wenn du ihnen darin das Geburtstagsgeschenk überreichst.

Material

- *Baumwollstoff*
- *Nähgarn*
- *Geschenkband, 90 cm lang, 1 cm breit*
- *Streuteil aus Filz*
- *Knopf*

Werkzeug

Zuschnitt

1 Stoffrechteck (Taschenteil), 52 cm x 22 cm

2 Stoffstreifen (Tragegriffe), 36 cm x 10 cm

Verarbeitung

Taschenteil

zu Abbildung A

1. Umnähe die Kanten des großen Stoffstückes mit einem Zick-Zack-Stich.

2. Mit einem Geodreieck/Maßband an den beiden schmalen Seiten eine Linie anzeichnen, die 10 cm von der Stoffkante entfernt ist. Zeichne die Linie auf der linken Stoffseite und benutze dazu Schneiderkreide.

zu Abbildung B

3. Bügele den Stoffstreifen an diesen schmalen Seiten nun 5 cm nach links um. Die Kante des Stoffes stößt dabei direkt an die angezeichnete Linie. Stecke die Kante mit Stecknadeln fest.

4. Lege das Taschenteil unter das Nähmaschinenfüßchen und steppe die umgebügelten Kanten 4,5 cm breit fest. Verriegele die Naht am Anfang und Ende sorgfältig.

zu Abbildung C

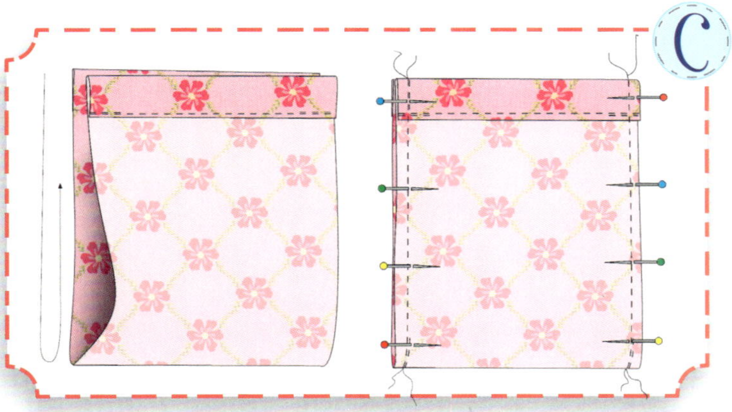

5. Falte nun das Taschenteil, so dass die beiden kurzen Kanten aufeinanderliegen. Die rechten Stoffseiten liegen innen.

6. Stecke die beiden Seitenkanten mit Stecknadeln aufeinander fest. Achte besonders auf die oberen Kanten, die sollten ganz genau übereinanderliegen. Nähe nun die Seitenkanten aufeinander fest. Verriegele Nahtanfang und Nahtende. Nach dem Nähen wendest du die Tasche, so dass die rechte Stoffseite außen ist, und bügelst die Kanten.

Stoffstreifen/Tragegriffe:

zu Abbildung D

7. Zeichne mit Schneiderkreide und mit Hilfe eines Geodreiecks an den beiden langen Seiten eine 2 cm breite Linie an. Zeichne auf der linken Stoffseite. Bügele die langen Seiten dann so um, dass die Stoffkante direkt an die aufgezeichnete Linie stößt. Das machst du mit beiden langen Seiten.

8. Nun faltest du diesen Stoffstreifen nochmals zur Mitte hin und bügelst ihn. Die langen Kanten sollten genau aufeinanderliegen. Stecke sie mit Stecknadeln fest. Dann wird der Tragegriff an beiden langen Seiten knappkantig, also 2–3 mm breit, abgesteppt. Die schmalen Kanten versäuberst du mit einem Zick-Zack-Stich.

zu Abbildung E

9. Die kurzen Enden der fertigen Tragegriffe steckst du nun 5 cm tief ins Tascheninnere, der Abstand zu den Seiten beträgt 3 cm. Stecke die Griffe mit Nadeln fest. Nähe dann die Tragegriffe an der oberen Taschenkante und zusätzlich noch in der unteren Steppnaht fest.

E

Blume:

F

zu Abbildung F

10. Falte das Geschenkband immer 4 cm lang wie abgebildet aufeinander. Nähe das Band nach jeder gelegten Schlaufe in der Mitte mit einigen Nadelstichen fest. Das machst du insgesamt 10mal. Versuche die einzelnen Schlaufen regelmäßig übereinanderzulegen. Zum Schluss schneidest du das übrig gebliebene Band ab und vernähst den Faden. Dann nimmst du einen neuen Faden, vernähst ihn in der Mitte und befestigst an der Vorderseite ein Filzteil und einen Knopf. Mit einigen Nadelstichen nähst du die Blüte an der Tasche fest.

Haargummis

Farbenfroher Haarschmuck

Wenn du längere Haare hast, dann kannst du sicherlich neuen Haarschmuck gut gebrauchen. Er ist schnell genäht und du benötigst lediglich ein Stoffstück und ein Gummiband. Nimm ein Gummiband, das für Bekleidungsstücke verwendet wird. Es darf kein Haargummi sein. Schneide gleich mehrere Stoffstücke zu, denn Haargummis kann man nie genug haben.

Material

- Baumwollstoff
- 14 cm Gummiband, 1 cm breit
- Nähgarn
- Knopflochgarn

Werkzeug

Zuschnitt

1 Baumwollstoffrechteck, 62 cm x 10 cm

14 cm Gummiband, 1 cm breit

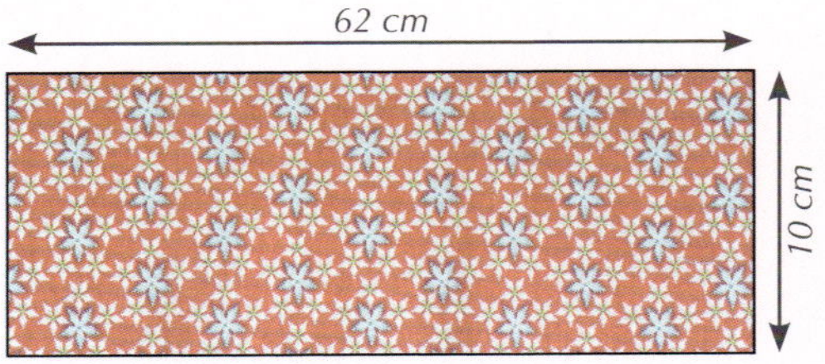

Verarbeitung

A

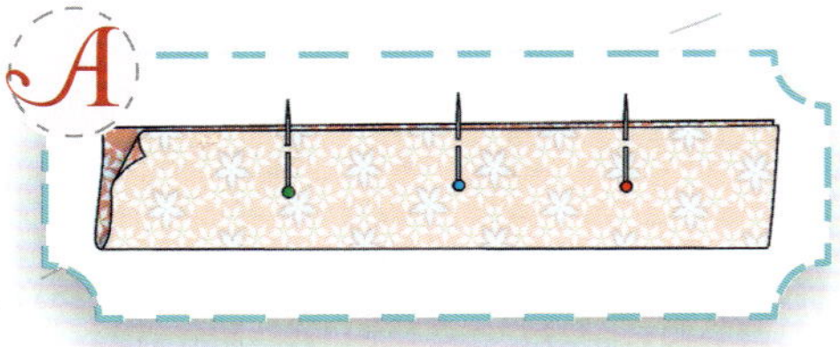

zu Abbildung A

1. Falte das Stoffstück der Länge nach, so dass die rechten Stoffseiten innen liegen. Stecke die langen Kanten mit Nadeln aufeinander.

B

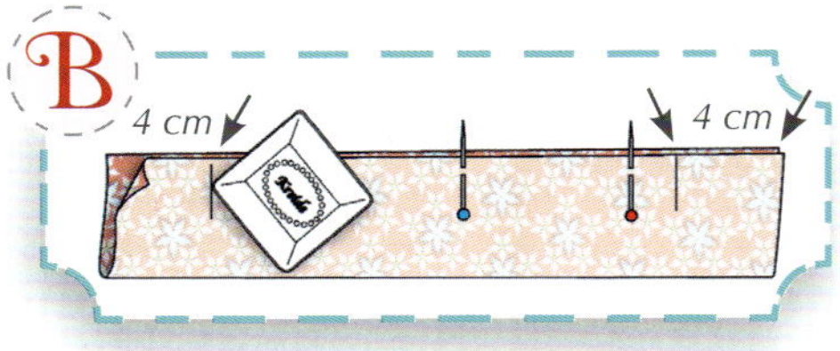

zu Abbildung B

2. Mache dir dann zwei Markierungen, die 4 cm von den Außenkanten entfernt sind.

C

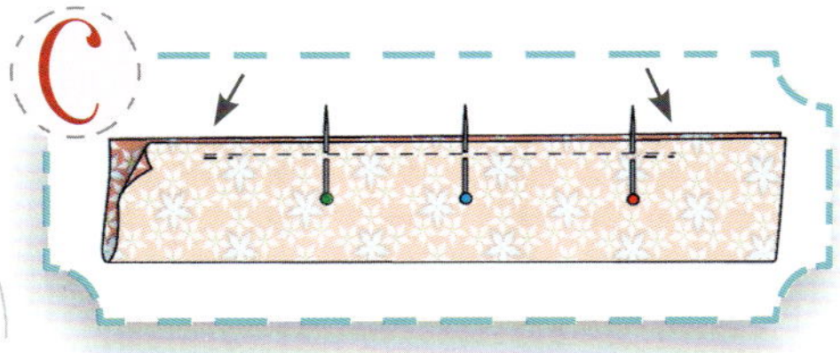

zu Abbildung C

3. Nähe den Stoffstreifen zwischen diesen Markierungen ungefähr 1 cm breit zusammen.

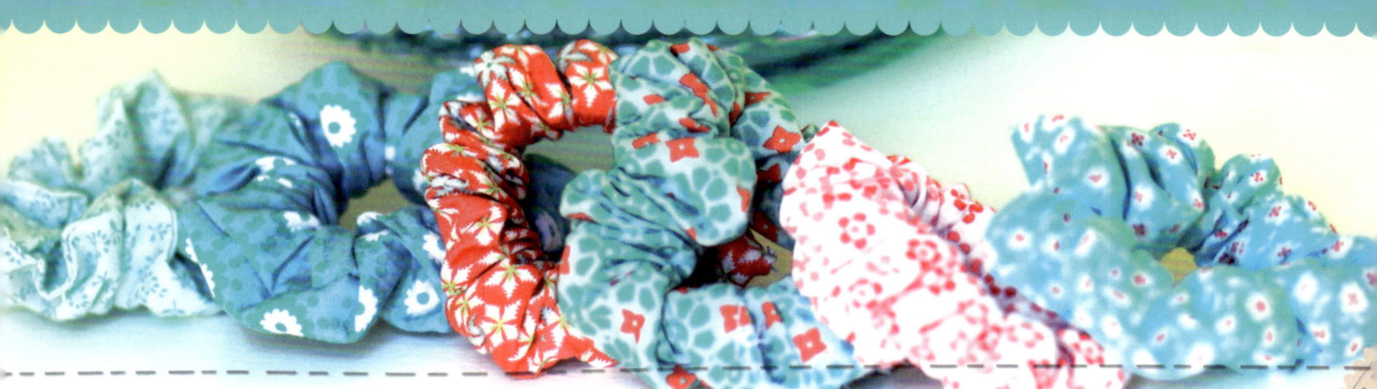

zu Abbildung D

4. Nimm anschließend einen doppelt gelegten Nähgarnfaden, besser wäre Knopflochgarn, und fädele ihn in die Stopfnadel. Nähe den Faden an einer kurzen Kante des Stoffes fest, wie abgebildet.

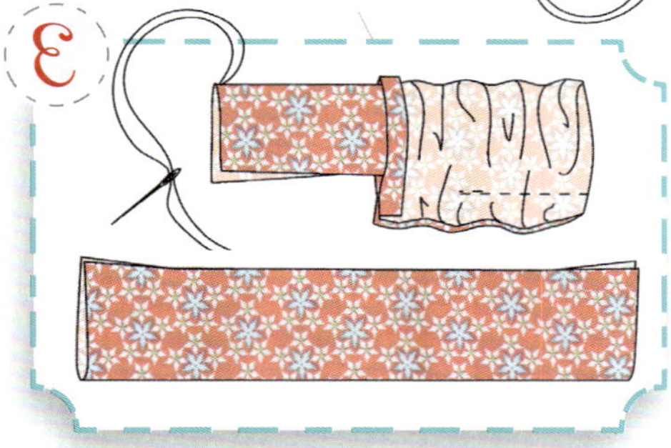

zu Abbildung E

5. Schiebe die Stopfnadel dann mit dem Nadelöhr, also mit der stumpfen Seite voran, durch den Stoffschlauch und wende somit das Stoffstück.

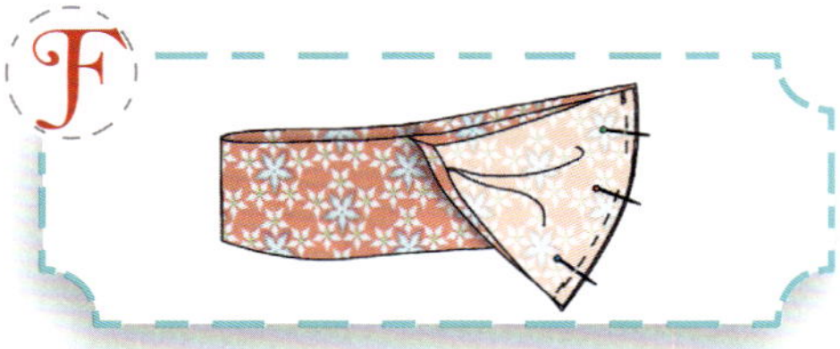

zu Abbildung F

6. Stecke dann die beiden schmalen Seiten aufeinander, wobei die beiden rechten Stoffseiten aufeinanderliegen müssen. Nähe sie 1 cm breit zusammen.

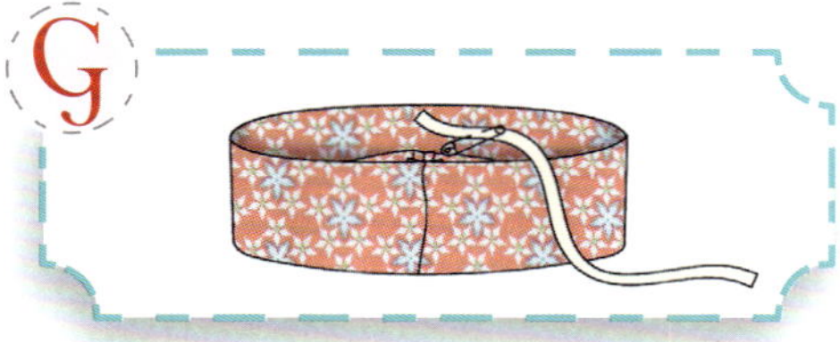

zu Abbildung G

7. Mit Hilfe einer Sicherheitsnadel ziehst du das Gummiband ein. Stimme die Länge auf die Dicke deines Zopfes ab. Die Enden des Gummibandes legst du dann übereinander und nähst sie mit der Maschine oder von Hand besonders fest aufeinander.

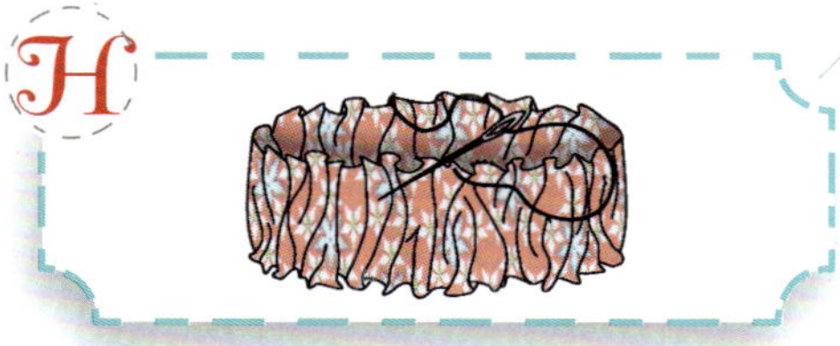

zu Abbildung H

8. Die Öffnung am Stoff nähst du mit einigen Stichen von Hand zu.

Brillentäschchen

Schützt vor Kratzern

Sicherlich besitzt du auch eine Sonnenbrille. Um sie vor Kratzern zu schützen, kannst du aus zwei Stoffstücken dieses Brillenetui leicht selbst nähen. Damit die Brille gut geschützt wird, liegt zwischen den beiden äußeren Stofflagen Volumenvlies. Das ist ein bauschiges Vlies, das an Watte erinnert. Du bügelst es mit Hilfe eines Bügeltuches auf die linke Stoffseite. Anstatt der stoffbezogenen Knöpfe kannst du natürlich auch jeden anderen Knopf nehmen, der dir gefällt. Wenn du eine sehr breite Sonnenbrille besitzt, dann kontrolliere die Maße und verändere sie entsprechend.

Werkzeug

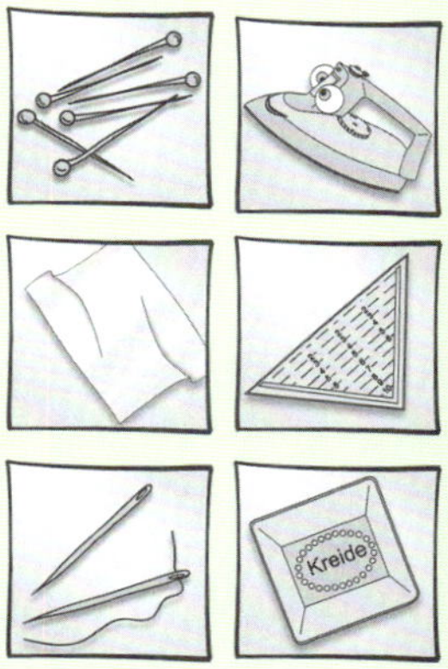

Zuschnitt Modell Nr. 1

2 x Baumwollstoff, 28 cm x 21 cm

1 x Volumenvlies, 28 cm x 21 cm

1 Stoffkreis, ø 4,5 cm

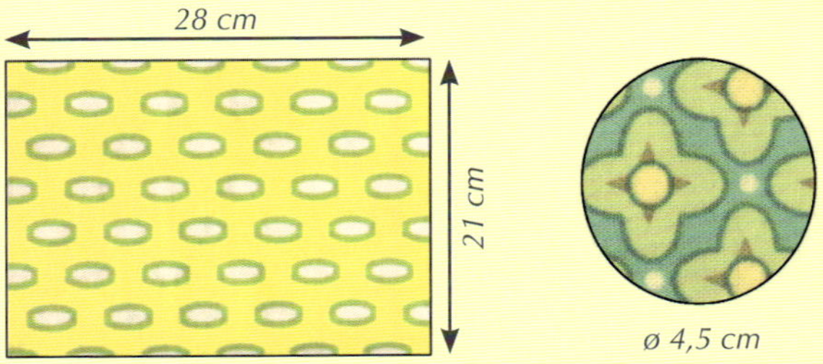

Material

- Baumwollstoff
- aufbügelbares Volumenvlies
- Bändchen, 38 cm
- Knopf, ø 2,5 cm

Verarbeitung Modell Nr. 1

Brillentäschchen:

zu Abbildung A

1. Zunächst musst du das Volumenvlies mit Hilfe eines Bügeltuches auf die linke Stoffseite bügeln.

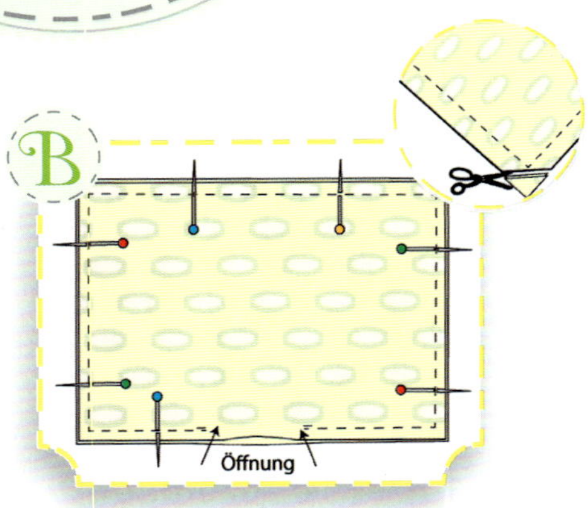

zu Abbildung B

2. Nun werden die beiden Stoffstücke so aufeinandergenäht, dass die rechten Stoffseiten innen liegen. An einer langen Seite musst du eine circa 5–6 cm breite Öffnung zum Wenden offen lassen. Schneide alle Kanten auf 2–3 mm zurück. Die Ecken schneidest du schräg ab.

zu Abbildung C

3. Greife in die Öffnung und wende die beiden Stoffstücke. Die Ecken werden mit einer Schere herausgedrückt und die Kanten flachgebügelt.

4. Die Öffnung wird mit einigen Handstichen zugenäht.

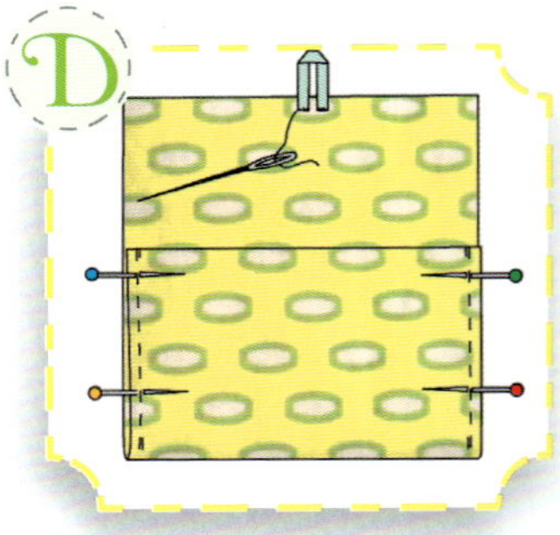

zu Abbildung D

5. Lege das genähte Teil auf den Arbeitstisch, so dass die kurzen Kanten oben und unten liegen. Falte die Unterkante 10 cm weit nach oben. Stecke die seitlichen Kanten mit Nadeln fest Nähe die Kanten dann circa 1 cm breit aufeinander.

Bezogener Knopf:

A

zu Abbildung A

1. Zum Beziehen des Knopfes nimmst du einen doppelt gelegten Faden und nähst mit 0,5 cm großen Stichen an der äußeren Kante des Stoffkreises entlang.

B

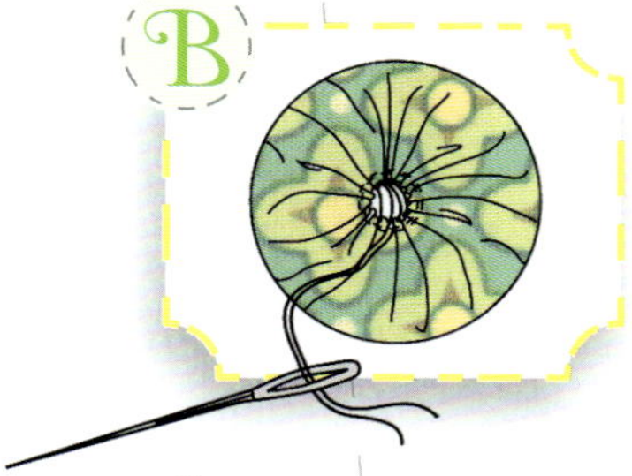

zu Abbildung B

2. Nun legst du den Knopf in die Mitte und ziehst den Stoff vorsichtig an, bis er sich stramm und gleichmäßig um den Knopf gelegt hat. Jetzt verknotest du die Fadenenden sorgfältig.

C

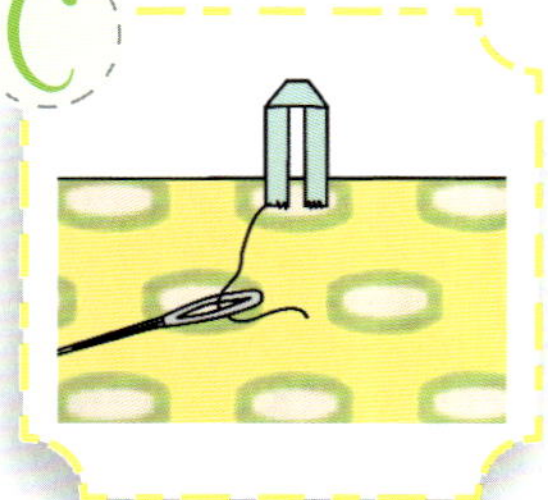

zu Abbildung C

3. Das kleine Stückchen Band nähst du mit einigen Handstichen als kleine Schlaufe an die obere Klappe des Brillenetuis. Die Schlaufe machst du so groß, dass der Knopf noch bequem hindurchrutscht.

D

zu Abbildung D

4. Den Knopf nähst du mit einem doppelt gelegten Faden an. Umwickle die Fäden unter dem Knopf, dadurch wird der Stiel stabiler.

Zuschnitt Modell Nr. 2

2 x Baumwollstoff, 38 cm x 13 cm
1 x Volumenvlies, 38 cm x 13 cm
6 Stoffkreise, ø 5 cm

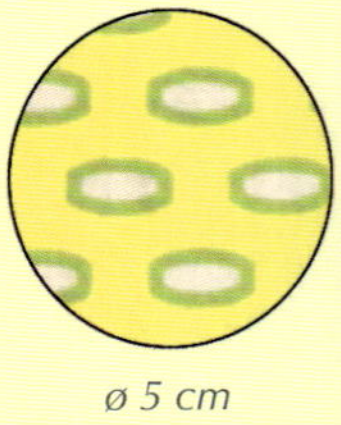

Material

- Baumwollstoff
- Stoffreste
- Rüschenlitze
- aufbügelbares Volumenvlies
- Knopf

Verarbeitung Modell Nr. 2

Brillenhülle

zu Abbildung A

1. Zunächst musst du das Volumenvlies mit Hilfe eines Bügeltuches auf die linke Stoffseite eines Stoffrechtecks bügeln.

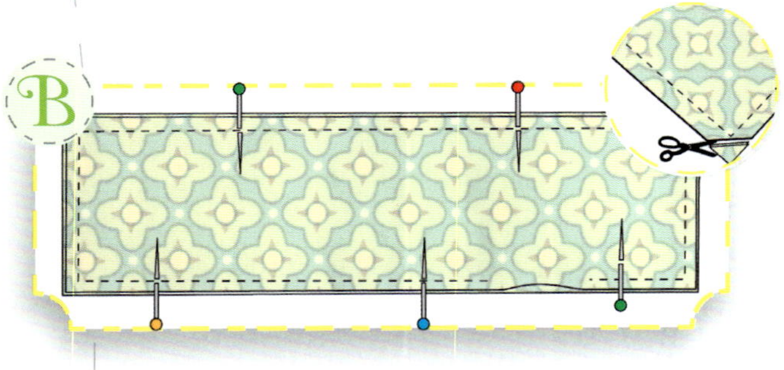

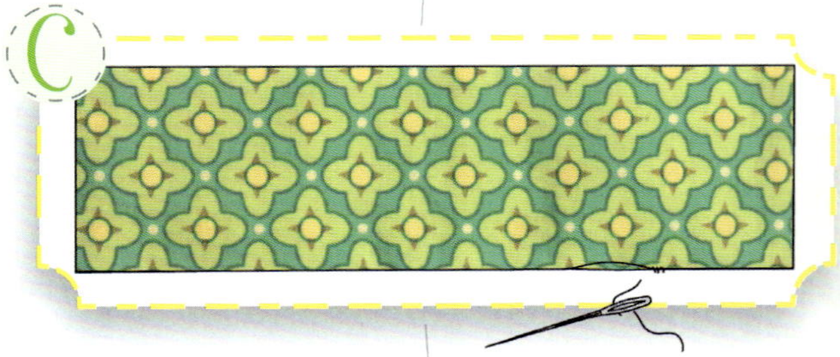

zu Abbildung B

2. Dann werden die beiden Stoffstücke so aufeinandergenäht, dass die rechten Stoffseiten innen liegen. An einer langen Seite muss eine circa 5–6 cm breite Öffnung zum Wenden offen bleiben. Die Kanten schneidest du auf 2–3 mm Breite zurück und die Ecken schneidest du schräg ab.

zu Abbildung C

3. Dann greifst du in die Öffnung und wendest die beiden Stoffstücke. Die Ecken werden mit einer Schere herausgedrückt und die Kanten mit dem Bügeleisen flachgebügelt.

4. Die Öffnung nähst du mit einigen Handstichen zu.

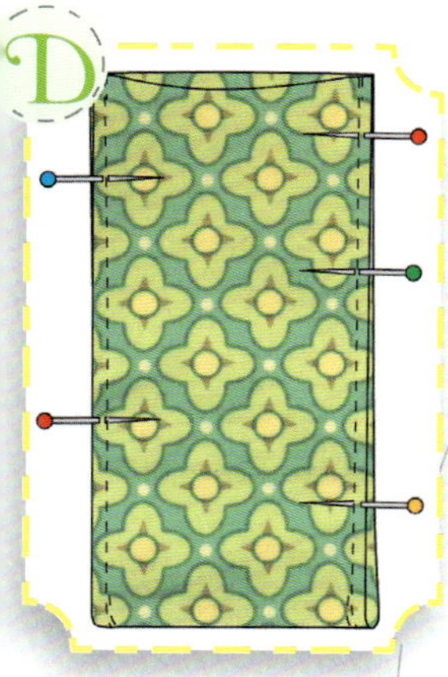

zu Abbildung D

5. Dann faltest du das Rechteck in der Mitte und steckst es mit Nadeln fest. Die Kanten werden nun 1 cm breit aufeinandergenäht.

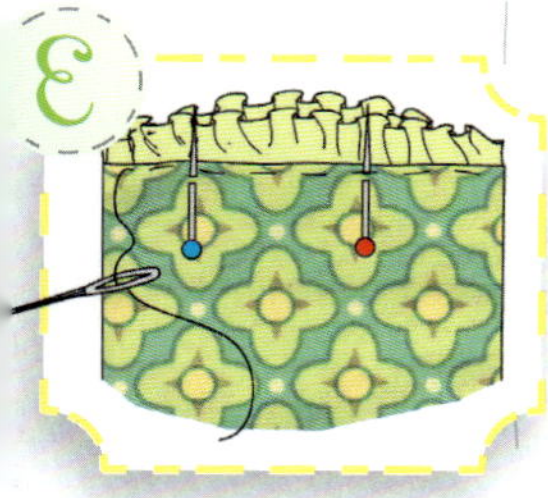

zu Abbildung E

6. Das Rüschenband steckst du an der Oberkante im Inneren des Brillenetuis fest und nähst es mit kleinen Handstichen an.

Modell Nr. 2

Blume:

zu Abbildung A

1. Für die Blütenblätter brauchst du 6 Stoffkreise von 5 cm Durchmesser. Jeden Stoffkreis faltest du so, dass die linken Stoffseiten innen liegen.

zu Abbildung B

2. Dann wird dieser Kreis nochmals zur Hälfte gefaltet. Nimm einen doppelt gelegten Nähfaden, besser ist Knopflochgarn oder Zwirn, und umnähe die äußere gerundete Kante des Stoffkreises. Das Blütenblatt schiebst du vorsichtig auf den Faden.

zu Abbildung C

3. Wenn du alle sechs Blütenblätter auf einen Faden aufgezogen hast, schiebst du sie so dicht wie möglich zusammen. Du ziehst dann den Faden nochmals so stramm wie möglich an und verknotest die Enden.

zu Abbildung D

4. In die Mitte nähst du einen fertigen Knopf oder beziehst ihn zuvor mit Stoff (siehe Modell 1).

5. Die fertige Blume nähst du mit kleinen Handstichen auf der Brillenhülle fest.

Aufbewahrungssack

Platz für Allerlei

In diesem Sack lassen sich viele Sachen verstauen, die man immer schnell zur Hand haben möchte. Nicht nur für Stricksachen kannst du ein solches Säckchen sicherlich gut gebrauchen. Es besteht aus einem inneren und einem äußeren Sack, die ineinandergeschoben werden. Die obere Kante schlägt man gegeneinander ein und näht sie dann aufeinander fest. Nähe den inneren und äußeren Sack aus unterschiedlichen Stoffen, dann sieht er besonders nett aus.

Material

- 2 unterschiedliche Baumwollstoffe
- Bommellitze, 50 cm
- Nähgarn

Werkzeug

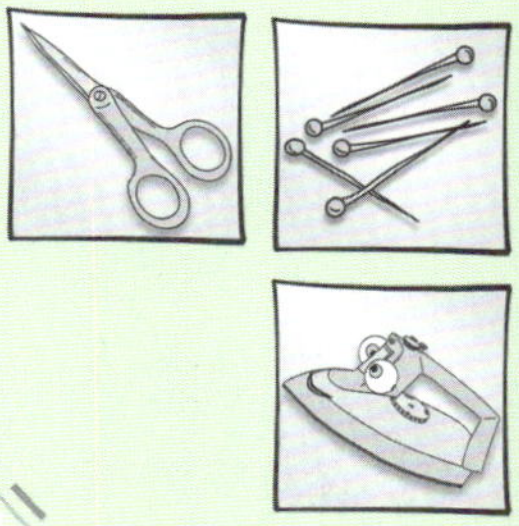

Zuschnitt

4 x Baumwollstoff, 25 cm x 35 cm
(je 2 in der gleichen Farbe)

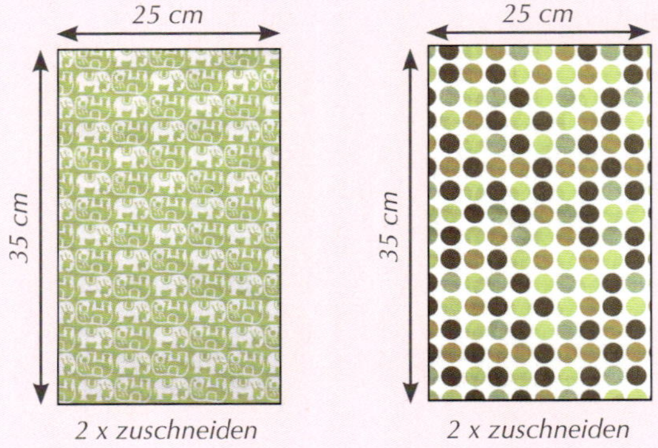

Verarbeitung

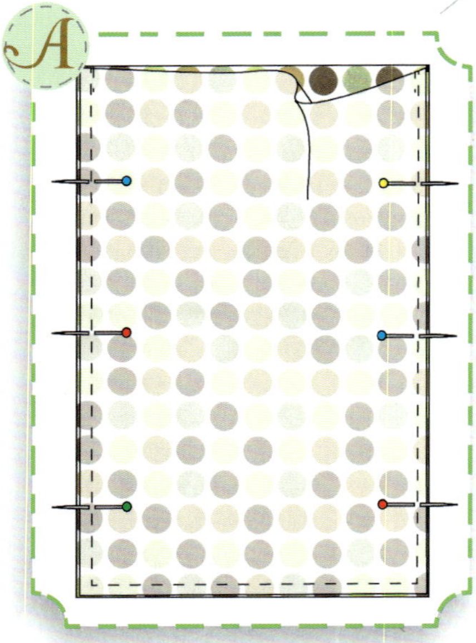

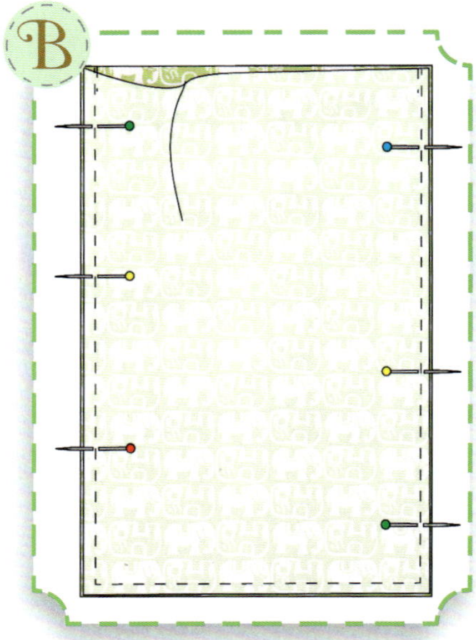

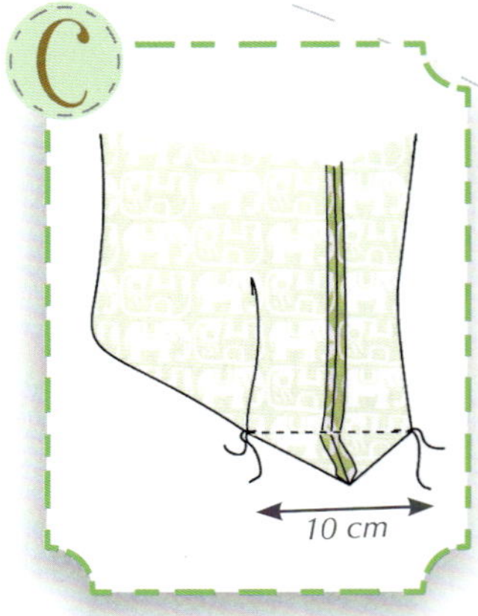

zu Abbildung A

1. Lege für den inneren Sack die beiden Schnittteile exakt aufeinander, die rechten Stoffseiten liegen innen. Stecke sie mit Nadeln fest und nähe die Seiten und die Unterkante 1 cm breit aufeinander. Die Nahtzugaben auseinanderbügeln.

zu Abbildung B

2. Diese Arbeitsschritte führst du auch für den Außensack durch.

zu Abbildung C

3. Nun musst du alle Ecken schräg abnähen. Stecke dazu jeweils die seitliche Naht und die Naht an der unteren Kante des Säckchens mit Stecknadeln aufeinander fest. Lege dann die Ecken flach auf den Tisch und zeichne eine 10 cm breite Linie an. Nähe die Ecke auf dieser Linie ab. Diesen Arbeitsschritt führst du für alle 4 Ecken durch.

zu Abbildung D

4. Wende eines der beiden Säckchen, so dass die rechte Seite außen ist.

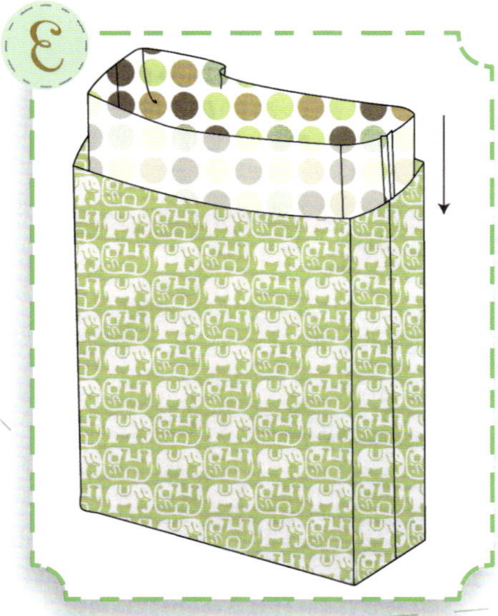

zu Abbildung E

5. Schiebe dann die Säckchen so ineinander, dass die linken Stoffseiten innen aufeinanderliegen. Achte darauf, dass die Seitennähte genau aufeinandertreffen.

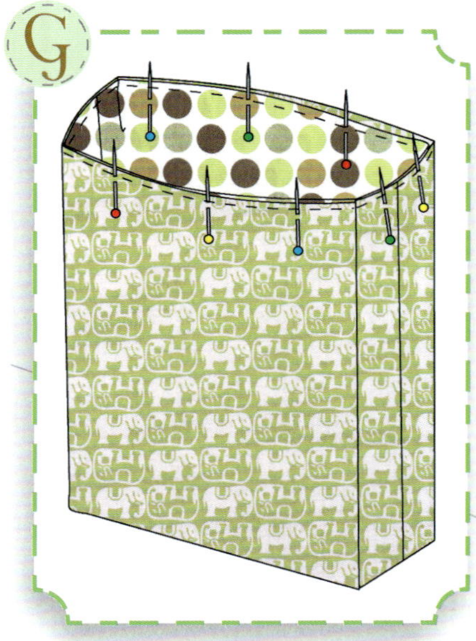

zu Abbildung F

6. Schlage die oberen Kanten des inneren und äußeren Säckchens 1 cm weit nach innen und stecke sie mit Nadeln fest.

zu Abbildung G

7. Nähe die beiden Säckchen 2–3 mm breit an der Oberkante aufeinander fest.

zu Abbildung H

8. Stecke die Bommellitze an die obere Kante und nähe sie fest.

Modell Nr. 1

Modell Nr. 2

Rollmäppchen

Viel Platz für Stifte

Vielleicht malst du gern und hast viele Stifte, die überall herumliegen. Mit diesem Rollmäppchen kannst du leicht Ordnung halten und hast sie immer griffbereit. Auch auf Reisen ist es sehr praktisch. Du kannst das Rollmäppchen komplett aus Filz nähen, du kannst für die äußere Seite aber auch einen schönen Stoff verwenden. Wenn du keinen sehr festen Stoff bekommst, musst du auf die Rückseite Vlieseline aufbügeln. Das ist ein Vlies, das den Stoff steifer macht.

Material

- Baumwollstoff
- Filz
- Vlieseline
- 2 Zackenlitzen
- Nähgarn

Werkzeug

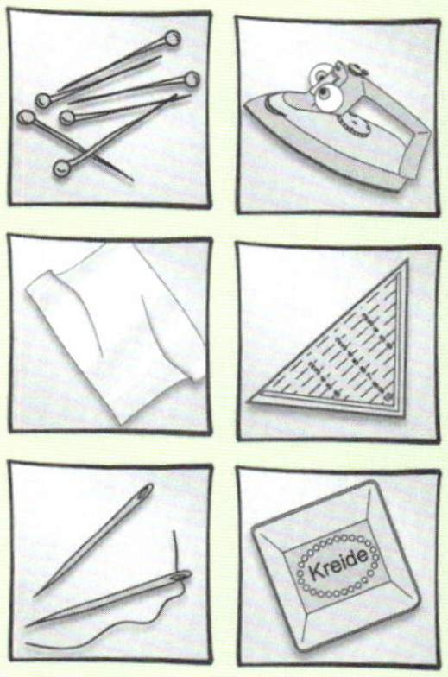

Zuschnitt

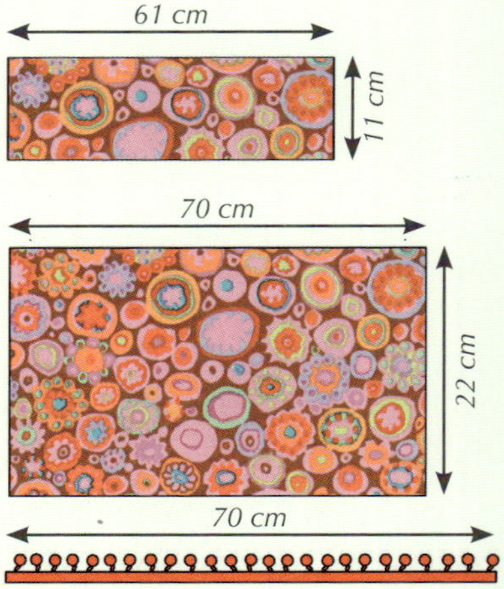

Innenseite und Außenseite, je 70 cm x 22 cm

Vlieseline, 70 x 22 cm

Modell 1: Stoffstreifen für Stifte, 61 cm x 11 cm

Modell 2: Filzstreifen für Stifte, 59 cm x 9 cm

2 Zackenlitzen, je 61 cm

2 Zackenlitzen (Bindebänder), 20 cm

2 Bommellitzen, je 70 cm

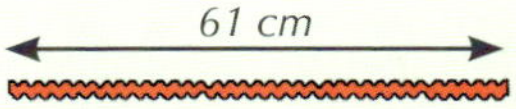

Verarbeitung

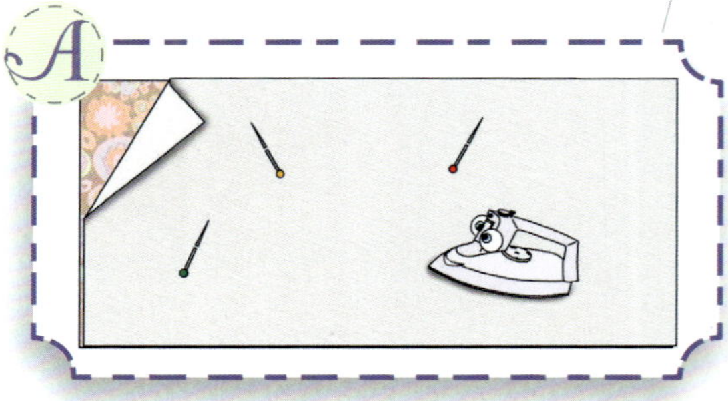

zu Abbildung A

1. Bei dünnem Stoff musst du unbedingt Vlieseline auf die linke Seite eines der großen Stoffstücke aufbügeln. Benutze dazu ein Bügeltuch. Wie du sie aufbügelst, ist auf den Rand der Vlieseline aufgedruckt.

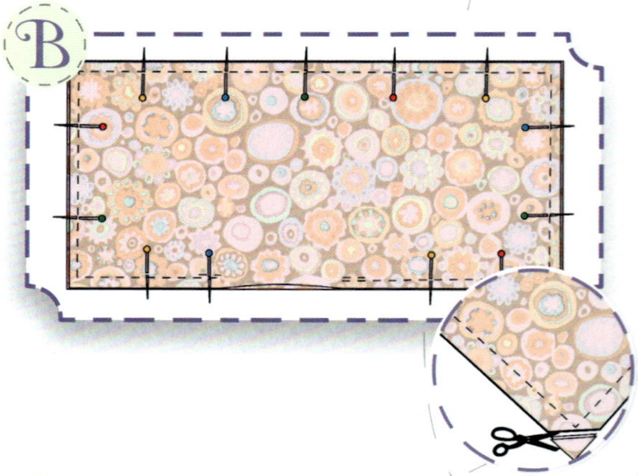

zu Abbildung B

2. Stecke das zweite Stoffstück so auf das erste, dass die beiden rechten Stoffseiten innen liegen.

3. Nähe dann die Kanten 1 cm breit aufeinander, nur an einer langen Seite lässt du einen 10 cm breiten Schlitz offen.

4. Nach dem Nähen schneidest du alle Kanten bis auf 2–3 mm zurück, die Ecken schneidest du schräg ab. Dicke Nähte wären unschön auf der Vorderseite sichtbar.

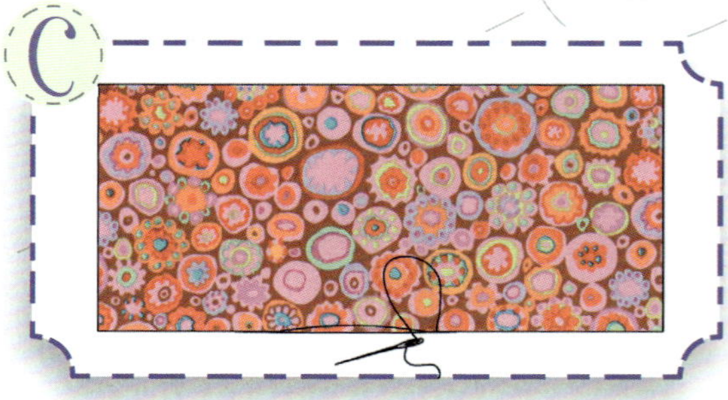

zu Abbildung C

5. Dann wendest du die beiden Stoffstücke durch die Öffnung, so dass die rechte Stoffseite außen liegt. Nähe die offene Stelle von Hand zu und bügele die Kanten flach.

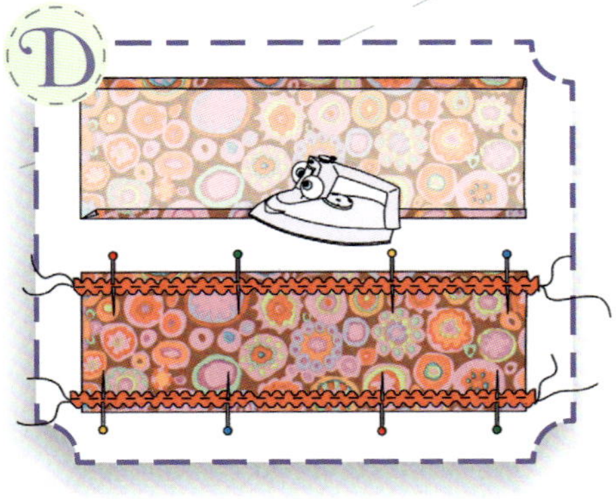

zu Abbildung D

6. Modell 1 aus Stoff: Am kleinen Stoffrechteck bügelst du zunächst die beiden langen Seiten 1 cm nach links um. Zeichne dir dazu an diese Seiten mit Kreide und mit Hilfe des Geodreiecks eine 2 cm breite Linie auf. Bügele beide Kanten bis zu dieser Linie um. Nähe sie dann mit der Nähmaschine fest und nähe darüber noch eine Zackenlitze oder ein anderes Band.

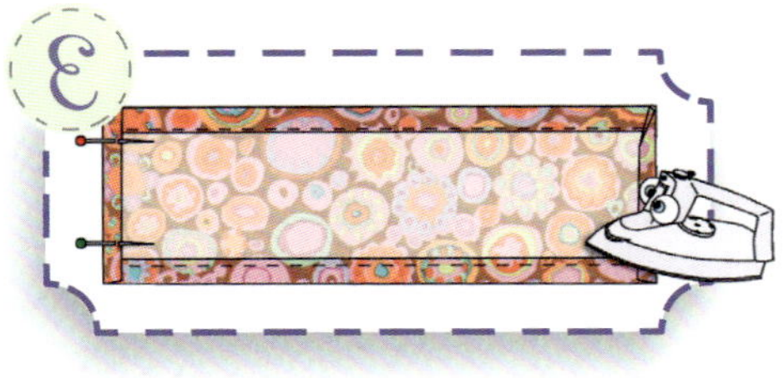

zu Abbildung E

7. Modell 1 aus Stoff: Bügele dann auch die beiden kurzen Seiten nach links um und steppe sie ebenfalls fest.

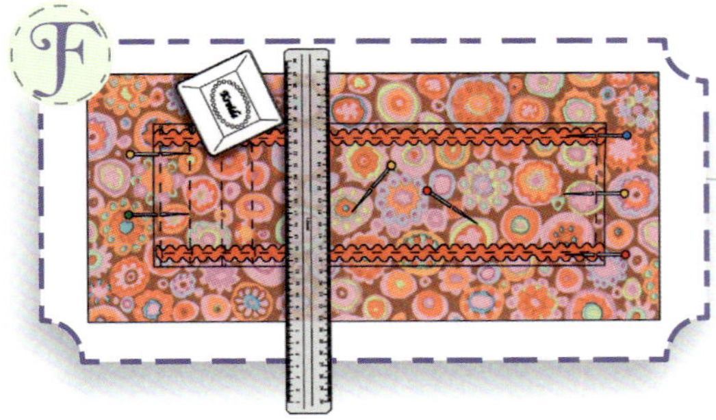

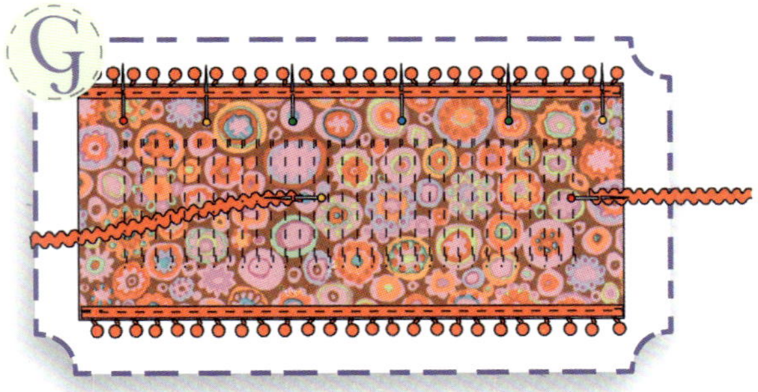

zu Abbildung F

8. Stecke dann dieses fertige Stoffstück oder das Filzteil auf die Innenseite der Stifterolle und nähe es zunächst nur an einer Seite fest.

9. Nimm dann einen Stift, schiebe ihn so dicht wie möglich an diese Naht und versuche mit einer Nadel die Breite so zu markieren, dass der Stift fest unter dem Stoffstück sitzt. Diese Breite misst du dir ab. Mit Schneiderkreide und dem Lineal markierst du dir immer diesen Betrag. Nähe dann alle senkrechten Nähte in gleichmäßigen Abständen.

zu Abbildung G

10. Ganz zum Schluss nähst du auf der Außenseite des Rollmäppchens die Bindebänder fest. Sie liegen in der Mitte, das eine ist 1 cm und das andere ist 24 cm von der rechten Seite entfernt.

11. Nähe an die langen Kanten des Rollmäppchens je eine Bommellitze

Modelle 1–2, siehe Seite 73

Utensilo

Platz für Kleinigkeiten

Dieses Utensilo ist für allerlei Kleinkram gedacht, der auf deinem Schreibtisch herumliegt. Du nähst die drei aufgesetzten Taschen zunächst über die gesamte Breite des Utensilos auf und unterteilst sie dann durch Längsnähte in kleine Fächer. Die Unterteilung kannst du nach deinen Wünschen vornehmen. Überlege dir vorher genau, was du in die einzelnen Fächer stecken möchtest. Du solltest für dieses Utensilo einen möglichst festen Stoff aussuchen. Durch das Aufbügeln von Vlieseline kannst du den Stoff nochmals steifer machen.

Material

- sehr fester Baumwollstoff
- feste Vlieseline
- Rundholz, ø 1,5 cm, 50 cm lang
- Geschenkband, 1,5 m lang
- Nähgarn

Werkzeug

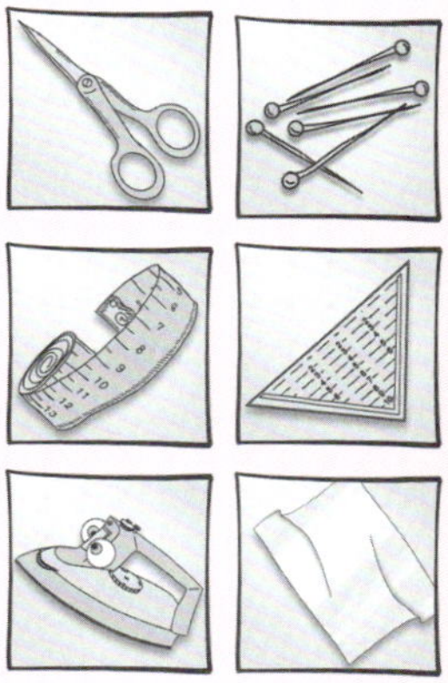

Zuschnitt

1 x Baumwollstoff,
46 cm x 88 cm

1 x Vlieseline,
46 cm x 88 cm

2 x Baumwollstoff,
46 cm x 14 cm

1 x Baumwollstoff,
46 cm 11 cm

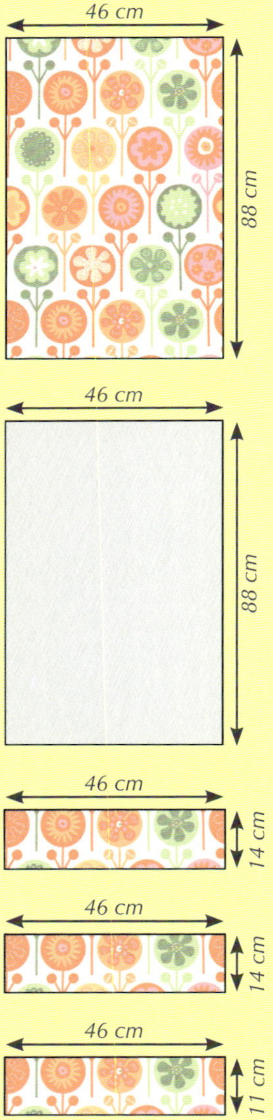

Verarbeitung

zu Abbildung A

1. Auf die linke Stoffseite des großen Schnittteils musst du zunächst die Vlieseline aufbügeln. Hierzu solltest du ein Bügeltuch verwenden. Wie du die Vlieseline aufbügelst, entnimmst du dem Aufdruck auf der Vlieseline.

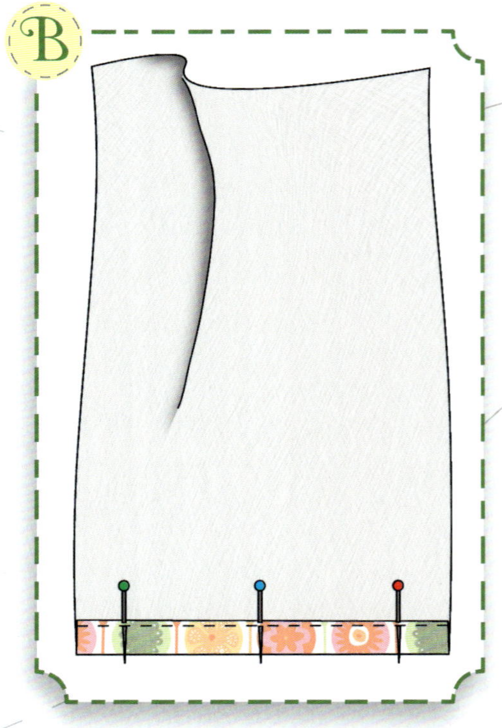

zu Abbildung B

2. Den Stoff an der unteren Kante 4 cm nach links falten und bügeln. Dazu zeichnest du dir eine 8 cm breite Linie auf der linken Stoffseite an und klappst den Stoff bis zu dieser Linie hoch. Den Stoff nun 3,5 cm breit festnähen.

zu Abbildung C

3. Zeichne nun mit Schneiderkreide die Linien wie abgebildet auf. Benutze hierzu ein Maßband und ein Geodreieck. Mit Kreide machst du an der linken und rechten Seite kleine Markierungen, die du zu einer Linie verbindest.

zu Abbildung D

4. Dann bügelst du an allen drei Taschenteilen die obere lange Kante 1 cm nach links um. Zeichne dazu eine 2 cm breite Hilfslinie auf der linken Stoffseite an. Die umgebügelte Kante füßchenbreit, also 0,7 cm breit, festnähen.

zu Abbildung E

5. Nun bügelst du auch die untere Kante 1 cm nach links um.

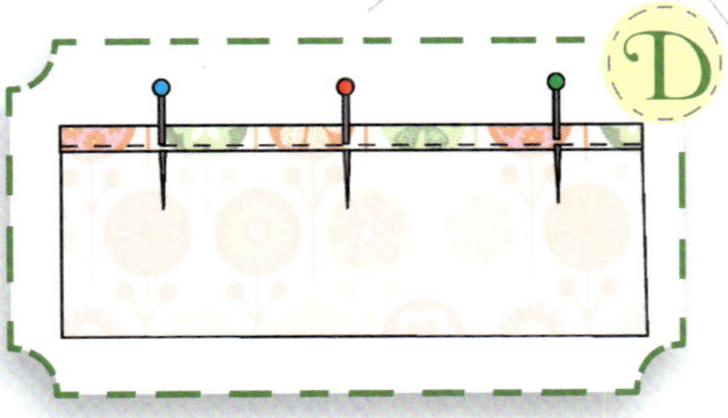

zu Abbildung F

6. Jetzt steckst du alle drei Taschenteile mit der umgeschlagenen Unterkante an den markierten Linien des großen Schnittteils fest und nähst sie 2 mm breit auf. Auch die seitlichen Kanten nähst du 2–3 mm breit fest. Das schmale Taschenteil nähst du unten fest.

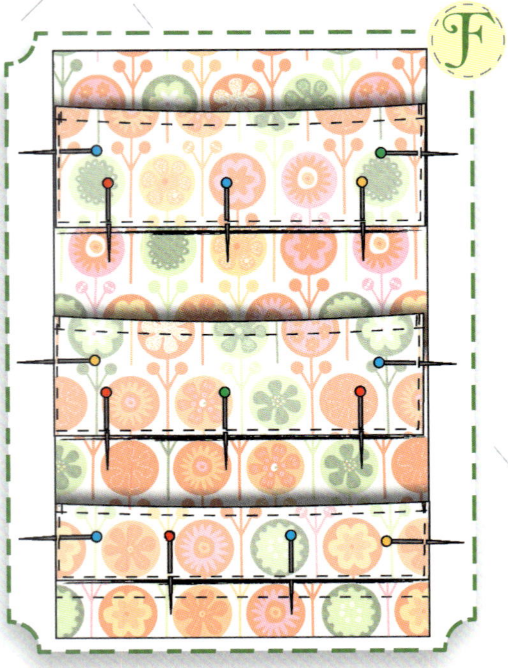

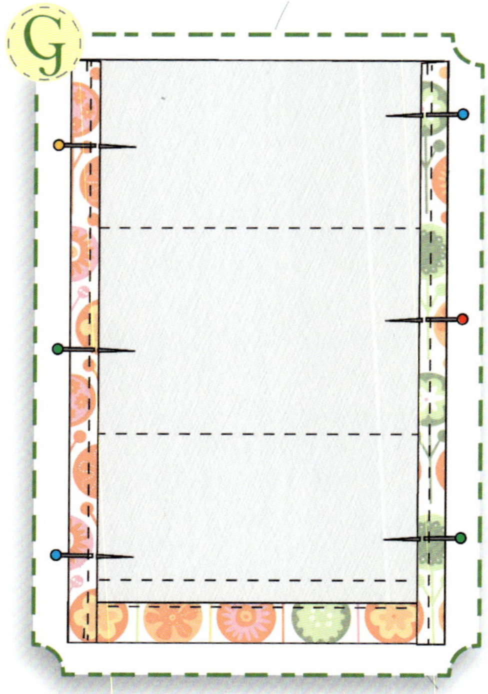

zu Abbildung G

7. Anschließend bügelst du die seitlichen Kanten des Utensilos 3 cm nach links um und nähst sie 2,5 cm breit fest. Gehe dabei so vor, wie es in Punkt 2 beschrieben wurde. Zeichne dazu eine 6 cm breite Hilfslinie an.

zu Abbildung H

8. Im Anschluss daran unterteilst du die aufgenähten Taschen in einzelne Fächer, indem du die Taschen senkrecht übernähst.

zu Abbildung I

9. Zum Aufhängen des Utensilos bügelst du auch die obere Kante 5 cm nach links um und nähst sie 4,5 cm breit fest. Anschließend schiebst du den Holzstab hindurch.

10. Zum Schluss bindest du das Band an die Enden des Stöckchens und hängst das Utensilo auf.

Nadelkissen

Fleißiger Nadelsammler

Damit du beim Nähen nicht immer nach den Stecknadeln suchen musst und sie nicht auf dem Boden landen, solltest du dir dieses Nadelkissen nähen. Es ist nicht ganz einfach, denn die sechs kleinen Dreiecke musst du sehr genau aneinandernähen.

Wenn du es dir einfacher machen möchtest, schneidest du dir zwei Kreise zu und verzichtest auf das Zusammennähen der kleinen Dreiecke.

Das Nadelkissen wird mit Füllwatte ausgestopft.

Material

- Stoffreste
- Füllwatte
- Nähgarn
- Stickgarn/Knopflochgarn
- 2 Knöpfe

Werkzeug

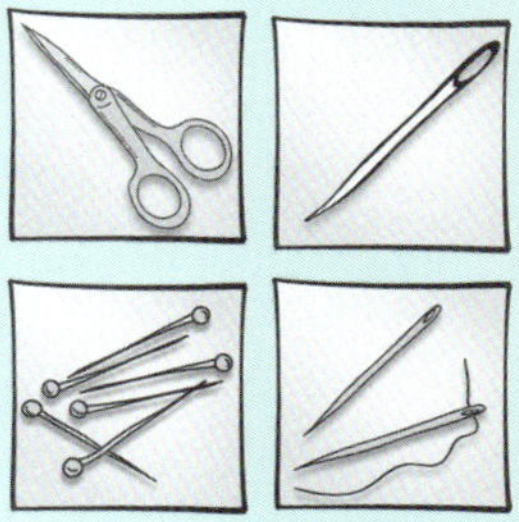

Zuschnitt

1. Das Schnittteil Nr. 9 von Seite 95 aus der Schnittvorlage kopieren und ausschneiden. Schneide 6 kleine Dreiecke aus den Stoffresten zu. Sie sollten genau gleich groß sein. Das ist sehr wichtig. Schneide zunächst nur ein Dreieck zu und lege es immer wieder auf den nächsten Stoffrest.

2. Ausreichend großer Stoffrest für die Rückseite.

3. Stoffstreifen (Rüsche), 20 cm x 7 cm

Verarbeitung

zu Abbildung A

1. Lege zwei Dreiecke so aufeinander, dass die beiden rechten Stoffseiten aufeinanderliegen. Stecke sie mit Nadeln fest. Diese Naht von der äußeren Stoffkante bis zur Spitze nähen, Anfang und Ende der Naht musst du gut verriegeln. Die Naht mit dem Bügeleisen auseinanderbügeln.

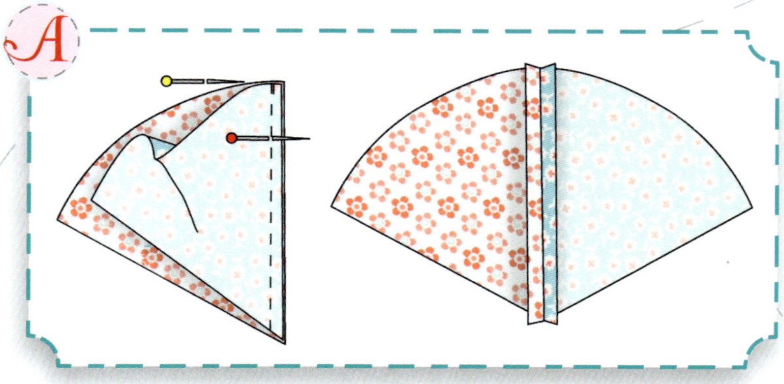

zu Abbildung B

2. Nun das nächste Dreieck annähen, die rechten Stoffseiten liegen wieder aufeinander. Bei dieser Naht beginnst du ebenfalls an der oberen Kante, endest aber an der Spitze genau an der zuvor genähten Naht. Es bleibt also an der Spitze 1 cm offen.

3. Nun nähst du die oberen Arbeitsschritte mit den drei restlichen Dreiecken und hast jetzt zwei Halbkreise fertig.

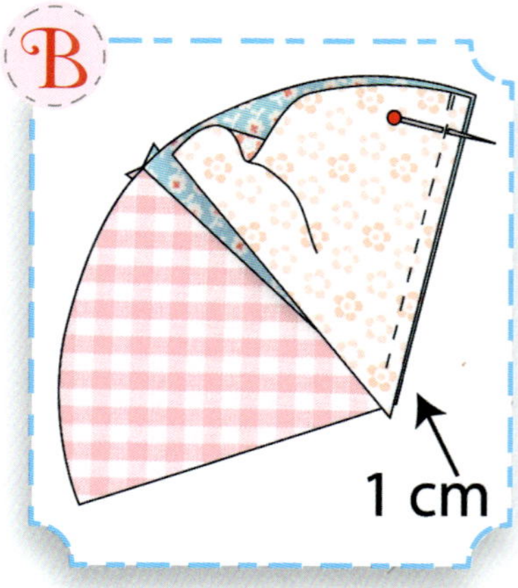

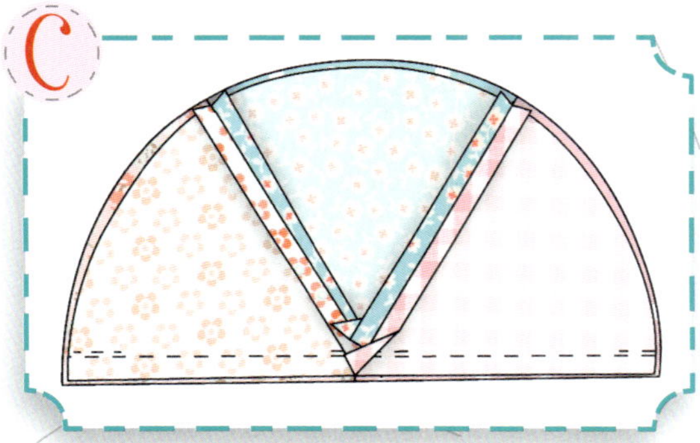

zu Abbildung C

4. Diese Halbkreise legst du rechts auf rechts genau übereinander und nähst sie an der langen Mittelnaht zusammen. Die Naht auseinanderbügeln.

zu Abbildung D

5. Nun legst du die Vorderseite des Nadelkissens auf den Stoffrest und schneidest die Rückseite dementsprechend groß zu, die rechten Seiten liegen innen. Nähe die beiden Kreise an der äußeren Kante ungefähr 1 cm breit zusammen, dabei lässt du eine 4–5 cm breite Öffnung frei. Das Nadelkissen durch diese Öffnung wenden.

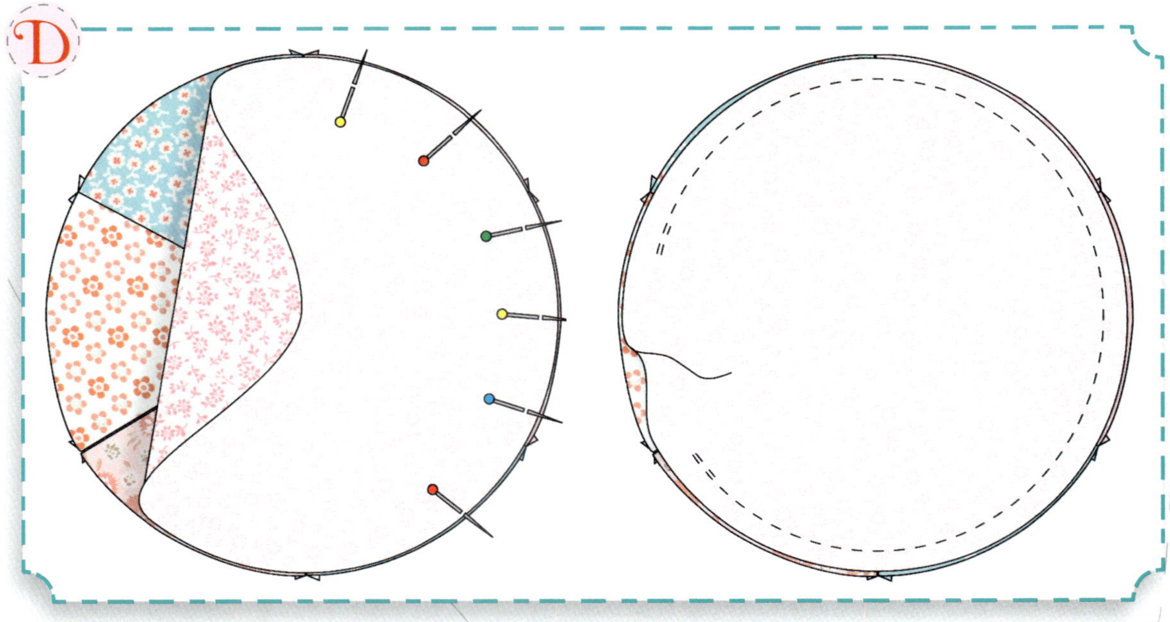

zu Abbildung E

6. Das Nadelkissen mit Füllwatte ausstopfen und die Öffnung mit der Hand zunähen.

Rüsche nähen:

zu Abbildung F

7. Den Stoffstreifen an den kurzen Kanten so zusammennähen, dass die rechten Stoffseiten innen liegen. Die Naht auseinanderbügeln.

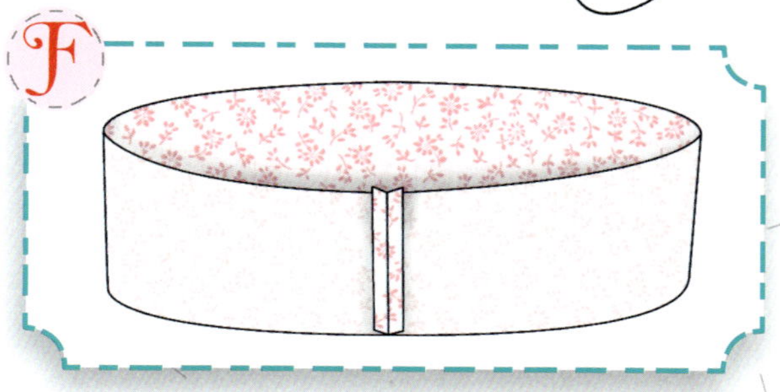

zu Abbildung G

8. Den Stoffring faltest du dann der Länge nach so, dass die linken Stoffseiten innen liegen. Ziehe in die aufeinanderliegenden unteren Kanten einen doppelt gelegten Nähgarnfaden oder Knopflochgarn ein. Ziehe den Stoffstreifen so fest wie möglich zusammen und verknote dann die Fadenenden fest.

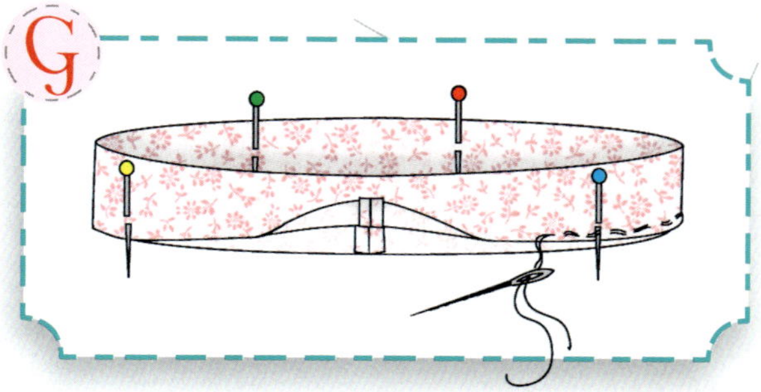

Abbinden:

zu Abbildung H

9. Nun musst du in die Sticknadel einen langen, doppelt gelegten Knopflochgarnfaden einfädeln und die Enden verknoten. Vernähe den Faden in der Mitte der Vorderseite des Nadelkissens. Steche von oben nach unten durch das Nadelkissen und ziehe den Faden durch. Anschließend stichst du mit der Nadel wieder zur Oberseite und ziehst den Faden fest an. Nun legst du den Faden immer außen herum an den einzelnen Nähten entlang und stichst dann wieder von unten nach oben durch das Kissen. Ziehe den Faden jedes Mal sehr stramm an. Das Fadenende gut vernähen.

zu Abbildung I

10. Nun nimmst du einen neuen Faden und verknotest auch hier die Enden sorgfältig. Vernähe den Faden auf der Rückseite. Lege einen Knopf in die Mitte der Rückseite. Steche durch ein Loch des unteren Knopfes und an der Oberseite wieder heraus. Lege die Stoffblume und den zweiten Knopf auf die Mitte der Oberseite. Steche zuerst durch die Blume und anschließend durch den Knopf. Dann steche wieder durch das Nadelkissen und durch den Knopf der Unterseite. Das machst du 4 bis 5 Mal. Den Faden an der Unterseite vernähen.

Rock

Schnell genäht

Dieser Rock besteht aus nur einem Stoffstück, das an einer Seite zu einem Schlauch zusammengenäht wird. Die obere Kante wird zu einem Tunneldurchzug für ein Gummiband umgeschlagen. In die untere Rockkante wird ein Saum genäht. Die Größe des Stoffstückes hängt von deinem Taillen- und deinem Hüftumfang ab, außerdem auch von der Rocklänge. Die Taille ist die schmalste Stelle des Körpers, die Hüfte ist die breiteste Stelle. Wenn du einen sehr weiten und stark eingekräuselten Rock haben möchtest, schneidest du das Rechteck breiter zu.

Material

- Weich fallender Baumwoll- oder Viskosestoff
- Gummiband, 4 cm breit
- Nähgarn

Werkzeug

Zuschnitt

1. **Rockbreite berechnen:** Für einen sehr weiten Rock multiplizierst du die ausgemessene Hüftweite mit 2, für einen weniger weiten Rock multiplizierst du den Wert mit 1,5.

2. **Rocklänge berechnen:** Die Länge des Rockes ermittelst du, indem du dir zunächst einen Gürtel recht stramm um die Taille bindest. Nimm dann ein Maßband und miss von der oberen Gürtelkante bis zu deiner gewünschten Rocklänge. Hierbei solltest du dir helfen lassen. Dann musst du noch zusätzlich 5 cm für den Saum und 6 cm für den Gummizug hinzurechnen. Das sind insgesamt 11 cm.

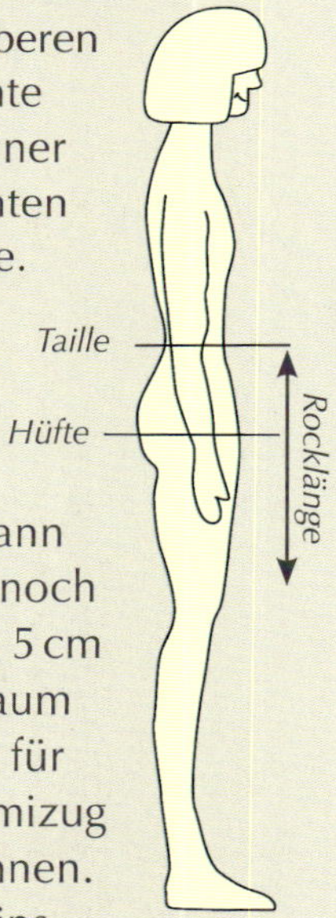

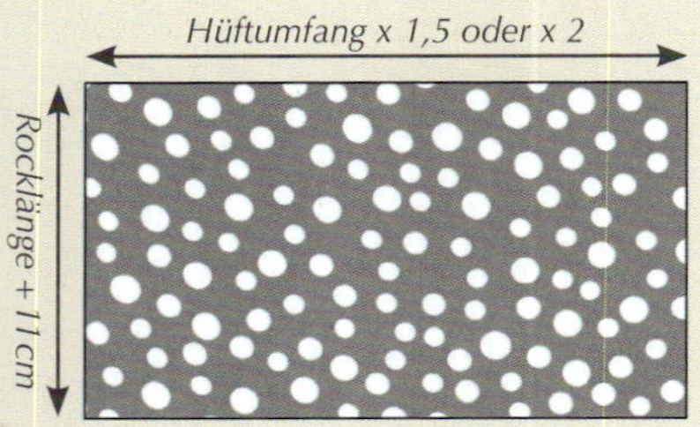

Verarbeitung

1. Zunächst musst du alle Kanten mit einem Zick-Zack-Stich umnähen.

zu Abbildung A

2. Für den Saum an der unteren Rockkante misst du mit einem Maßband in regelmäßigen Abständen 10 cm nach oben ab. Zeichne mit Kreide kleine Markierungen an, die dann zu einer Linie verbunden werden. An der oberen Kante machst du 12 cm hohe Markierungen für den Gummidurchzug, die du ebenfalls miteinander verbindest.

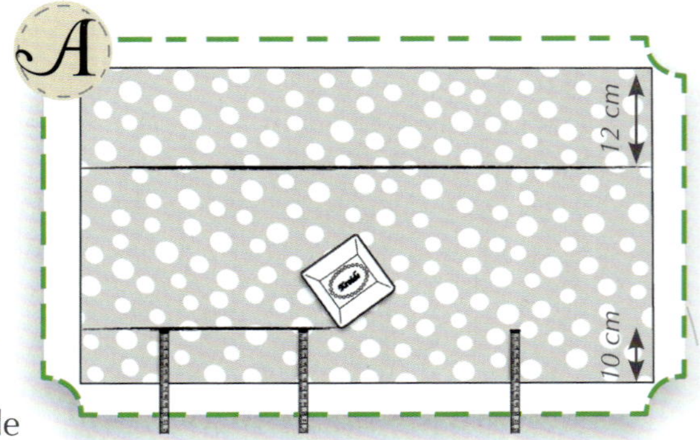

zu Abbildung B

3. Den Stoff für den Saum und den Gummidurchzug bügelst du dann bis zu diesen Linien um.

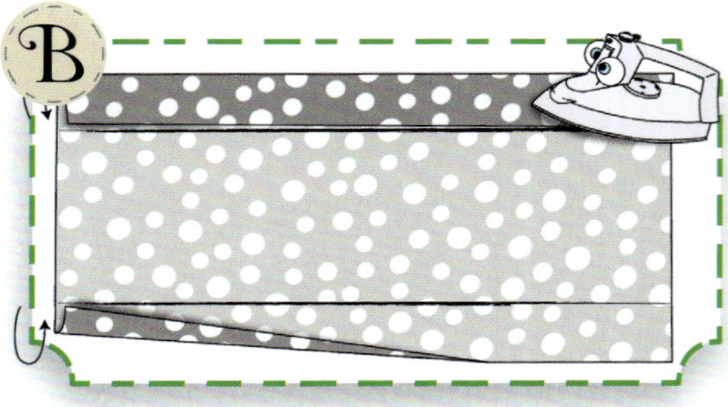

zu Abbildung C

4. Den Stoff an den umgebügelten Kanten wieder aufklappen und die Seitennaht 1 cm breit zusammennähen. Die Nahtzugaben auseinanderbügeln.

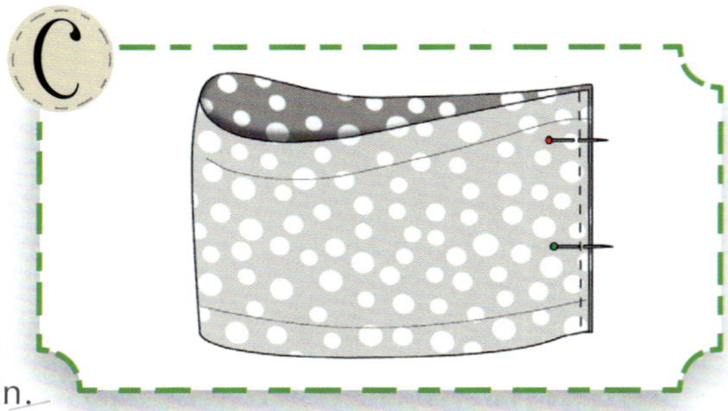

zu Abbildung D

5. Nun schlägst du die umgebügelte Kante an der Taille wieder nach innen und steckst sie mit Nadeln fest.

6. Dann legst du den Rock auf den Tisch und zeichnest an der Taille ringsum mit Maßband und Kreide 4,5 cm tiefe Markierungen an. Das ist die Stepplinie für den Gummidurchzug.

zu Abbildung E

7. Jetzt nähst du den Tunnel, wobei du an der Seitennaht ungefähr 5 cm offen lassen musst. Hier ziehst du später das Gummiband ein. Nahtanfang und Nahtende gut verriegeln.

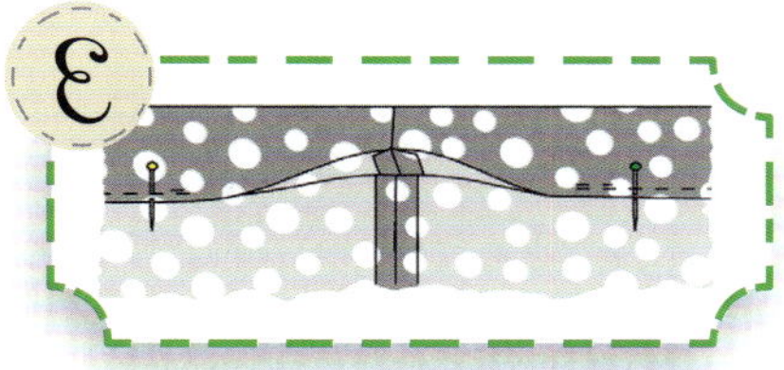

Einziehen des Gummibandes:

1. Lege das Gummiband um deine Taille und schneide es auf die entsprechende Länge ab. Denke aber unbedingt an weitere 2 cm Länge, die du zum Zusammennähen benötigst.

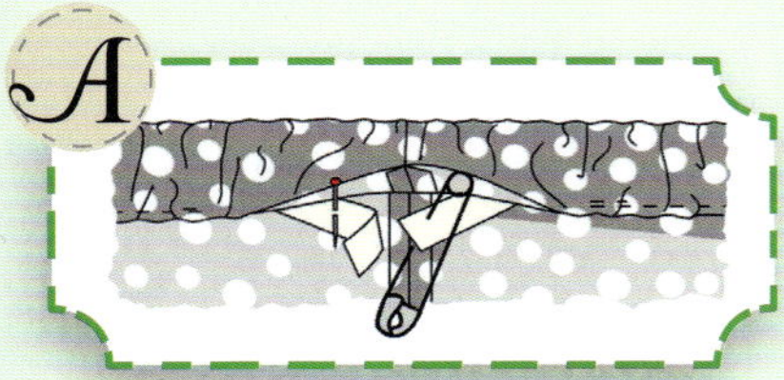

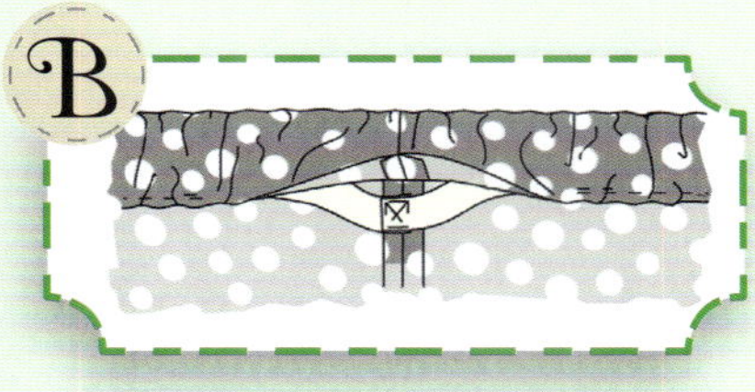

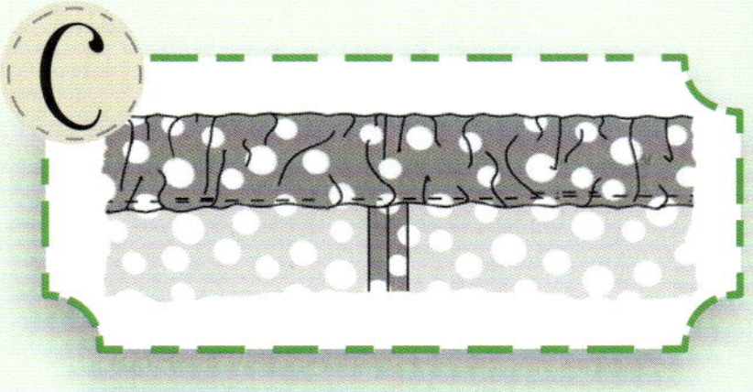

zu Abbildung A

2. Als erstes stichst du die Sicherheitsnadel durch ein Ende des Gummibandes und schließt die Nadel wieder sorgfältig.

3. Dann steckst du sie in die Öffnung des Tunnels und schiebst die Nadel Schritt für Schritt hindurch, bis sie an der anderen Seite wieder zum Vorschein kommt. Pass auf, dass das hintere Ende des Gummibandes nicht im Tunnel verschwindet. Du kannst es vorher ebenfalls mit einer Sicherheitsnadel befestigen.

zu Abbildung B

4. Lege dann beide Enden des Gummibandes übereinander und nähe sie entweder mit der Nähmaschine oder mit der Hand fest zusammen.

zu Abbildung C

5. Lasse dann das zusammen genähte Gummiband im Tunnel verschwinden und verteile die Kräusel gleichmäßig.

6. Zum Schluss nähst du die Öffnung mit einigen Handstichen zu.

7. Nun ziehst du den Rock nochmals über und überprüfst die Rocklänge. Jetzt könntest du ihn noch kürzer oder länger machen. Wenn du mit der Länge zufrieden bist, nähe den Saum fest.

2
Eierwärmer Hase
1 x Filz

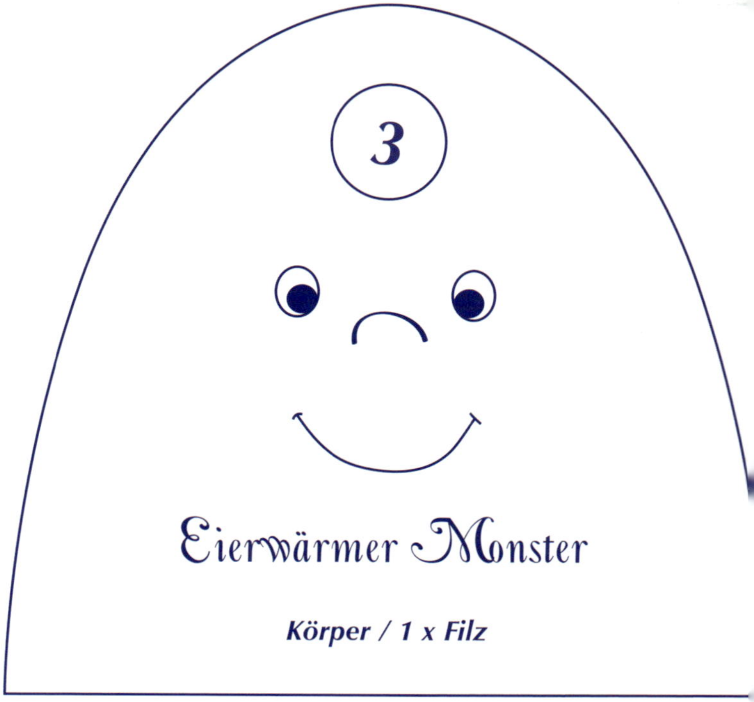
3
Eierwärmer Monster
Körper / 1 x Filz

5
Röckchen / 1 x Bastelfilz

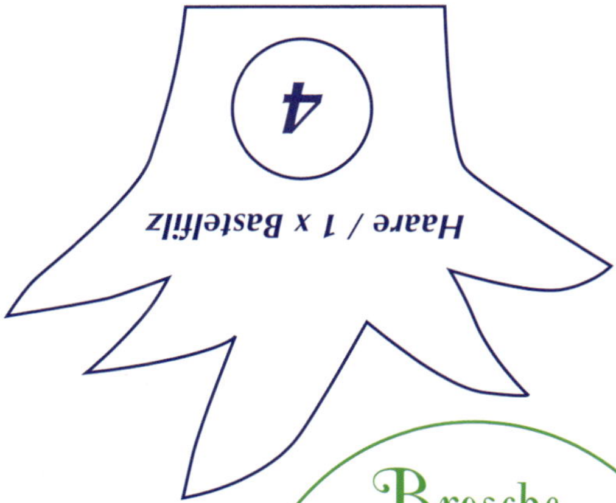
4
Haare / 1 x Bastelfilz

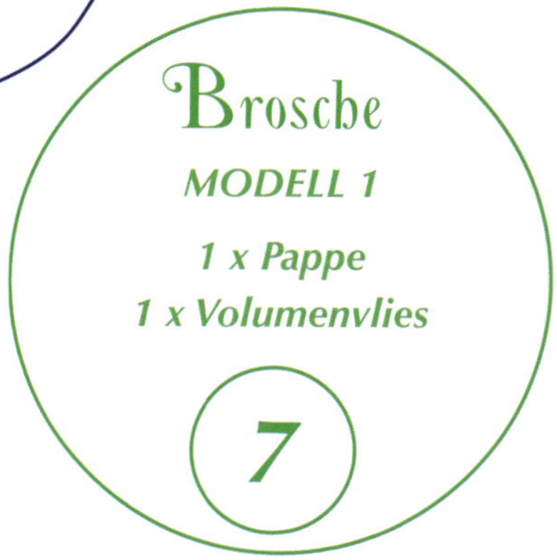
Brosche
MODELL 1
1 x Pappe
1 x Volumenvlies
7

iPod Hülle
1 x Filz
6

Nadelkissen
Dreieck 6 x zuschneiden
9

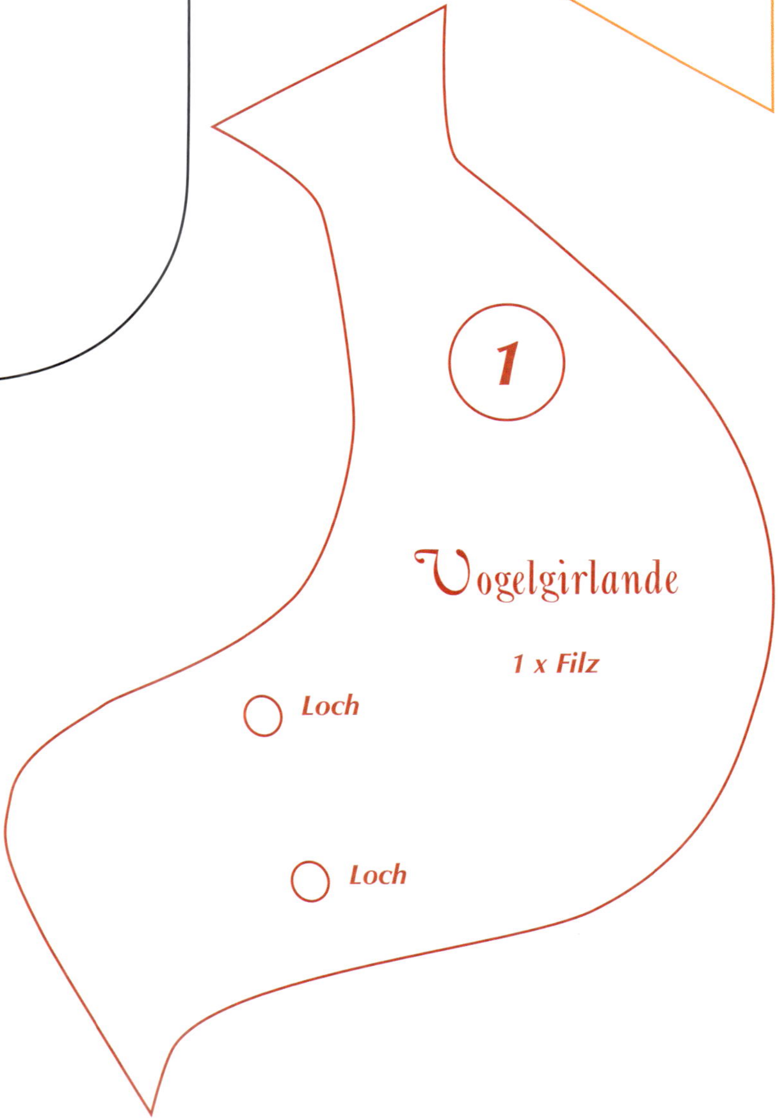
1
Vogelgirlande
1 x Filz
Loch
Loch

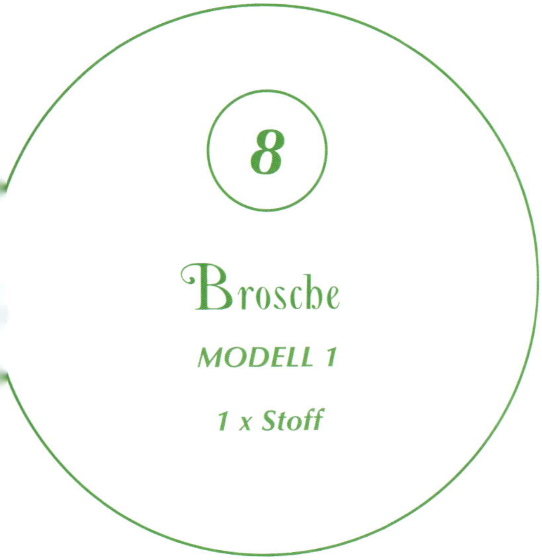
8
Brosche
MODELL 1
1 x Stoff

Impressum

ISBN 978-3-572-08058-8

4. Auflage 2015

Projektkoordination dieser Ausgabe: Dr. Iris Hahner
Umschlaggestaltung: Atelier Versen, Bad Aibling
Modelle, Schnittmustervorlagen, Zeichnungen, Fotos: Ruth Laing
Producing: Ruth Laing
Layout und Satz: Sven Pfaff
Herstellung: Sonja Storz

Verlagsgruppe Random House FSC® N001967
Das für dieses Buch verwendete FSC®-zertifizierte Papier *Profimatt* liefert Sappi, Ehingen

FSC www.fsc.org
MIX
Papier aus verantwortungsvollen Quellen
FSC® C020353

Druck und Bindung: Neografia, a.s., Martin

Printed in Slovakia